**VEZ EM QUANDO, BILLIE HOLIDAY**

**VEZ EM QUANDO, BILLIE HOLIDAY**
**EVANDRO AFFONSO FERREIRA**

1ª edição

EDITORA RECORD
RIO DE JANEIRO • SÃO PAULO
2025

CIP-BRASIL. CATALOGAÇÃO NA PUBLICAÇÃO
SINDICATO NACIONAL DOS EDITORES DE LIVROS, RJ

F44v   Ferreira, Evandro Affonso
        Vez em quando, Billie Holiday / Evandro Affonso Ferreira. - 1. ed. - Rio de Janeiro : Record, 2025.

ISBN 978-85-01-92307-3

1. Romance brasileiro. I. Título.

24-94819                    CDD: 869.3
                            CDU: 82-93(81)

Gabriela Faray Ferreira Lopes - Bibliotecária - CRB-7/6643

Copyright © Evandro Affonso Ferreira, 2025

Texto revisado segundo o Acordo Ortográfico da Língua Portuguesa de 1990.

Todos os direitos reservados. Proibida a reprodução, armazenamento ou transmissão de partes deste livro, através de quaisquer meios, sem prévia autorização por escrito.

Direitos exclusivos desta edição reservados pela
EDITORA RECORD LTDA.
Rua Argentina, 171 – Rio de Janeiro, RJ – 20921-380 – Tel.: (21) 2585-2000.

Impresso no Brasil

ISBN 978-85-01-92307-3

EDITORA AFILIADA

Seja um leitor preferencial Record.
Cadastre-se no site www.record.com.br
e receba informações sobre nossos
lançamentos e nossas promoções.

Atendimento e venda direta ao leitor:
sac@record.com.br

*A ação é a agulha indicadora da balança.*
*Não devemos tocar na agulha, mas no peso.*
Simone Weil

Para Gisele e Graça e Mariah

Rebeldia sintática? Rebelião léxica? Narradora sabe por enquanto que nome dele é Diadorino, rapaz-menino bocó-brocoió que fica tempo todo ali debaixo da mesa acocorado acuado feito bicho do mato, entanto, assim que entrar neste livro-libelo, será Diadorina, a bela e bélica e feminina e feminista, mas, enquanto isso não acontece, perguntou medroso agorinha se tiros que ele ouviu foram de briga de homem e narradora disse que não, jeito nenhum, que lá fora acontece festa junina e que são fogos de artifício e que fogofobia dele acabaria assim que ele, sambanga, entrasse nas pragmáticas páginas deste livro-cordel, sem tom pastel, cores quentes, vivas, exercendo papel de primeira plana e que seria moça valente feminina feminista; mesmo assim narradora também sabe que viver é negócio muito perigoso e que filho de Coronel feito ele, Diadorino, não pode zás-trás se vestir de mulher nunca jamais jeito nenhum nem mesmo dentro de livro e de maneira ficcional e coisa e tal e sendo moça fictícia, embora narradora entende, a-hã, difícil para moço Diadorino chegar junto dele Coronel para executar o declarado, no real, dizendo oi pai as pessoas não estão sempre iguais, ainda não foram terminadas, mas que elas vão sempre mudando e que a gente às vezes deve declarar que aceita inteiro o alheio e que sua transgressão da mocidade não é tarefa para mais tarde se desmentir. Sim, narradora entende, mas o que vale é a alma e não o gênero, o sexo, e você, rapaz-menino bocó-brocoió, aí debaixo da mesa, tem alma, e ela é de Deus estabelecida, nem que a pessoa queira ou não queira. Sim, narradora também entende, vale a pena repetir que viver é muito perigoso, entanto, vem, você vai ser moça só enquanto a história do livro durar, não vai ser um descuido prosseguido. Livro vai mostrar o que a vida disfarça. Você não fica tempo todo escondido para não se mostrar moça? Cada um com seu signo e sentimento. Você está pertinho do que é seu, por direito, e não sabe, vamos, entre neste livro-libelo-liberto, pegue vestido abstrato e vista-se de você mesma: moça-menina Diadorina. Cuidado: medo agarra a gente é pelo enraizado. Desapartar você de você mesma é perigoso. Vida inventou em você esse falso rapaz. Livro promete lidar com a verdade, alvejar logo nas primeiras páginas, bem alvejado, matando o moço para nascer a moça antes que alguma tramoia perfaça. Vem, entra aqui nestas pragmáticas páginas: narradora vai inscrever seu nome nos seus próprios meandros, nas sinuosidades do seu íntimo: Diadorina, sim, Diadorino nunca mais; vem, aconchega-se dentro destas páginas prestidigitadoras transformadoras, vem, moço esquivante vai se transformar numa moça irradiante, fogosa poderosa. Fogo, depois de ser cinza — tudo num estalo de tempo: entrou virou. No mundo cabe tudo o que se quer. Vem, não fique encantoado debaixo desta mesa querendo se esconder do destino. Adianta nada ficar aí olhando tudo-todos de um hesitado jeito, como se narradora tivesse falado causa impossível. Aqui dentro você ganha brincos batons esmaltes vestidos calçados e sorrisos de vários naipes — todos com formato feminil feminista. Silêncio, seu pai vem vindo. Oi, Coronel Joca Romeno Ramiro, vi Diadorino, não, senhor, deve tá agora no matagal fugindo de rato, sapo, talvez: cada hora, de cada dia, a gente aprende uma quantidade nova de medo. Inté. Viu rapaz-menino bocó-brocoió, aqui dentro destas pragmáticas páginas ainda virgens, você moça-menina vai amargar temor terror coisa nenhuma, vem, se apruma nas pontas dos pés, mergulhe fundo aqui neste rio lexical, vem, nova vida novo nado — de braçada. Você sabe: viver é etcétera; aqui chance é maior: Diadorina vai se lambuzar de etcétera e tal. Aqui você encontra o proibido e o impossível e o invisível. Vem. Deixe para trás veredas tortas, mortas; coloque seu passado nas algibeiras e capangas do pretérito; seus ontens todos estão sujos dobrados, se rasgando; páginas aqui novinhas em folha esperando você virando moça já no primeiro parágrafo, sem rodeios, gênero aqui fica jeito nenhum nas entrelinhas: Diadorino nunca mais; agora, Diadorina sim, senhor, mundo todo vai saber já nos introitos, sem lenga-lenga, neca neres de leitor ficar sabendo lá nos finalmentes que o corpo dele, aquele do outro livro, era o corpo de uma mulher, moça perfeita; aqui não, bestalhão, tudo às escâncaras, sem selva escura, sem fala obscura, retórica vazia criando oráculos-obstáculos para o entendimento; vem, não gosto de ver você aí debaixo da mesa fuzuando nas piores trevas da indecisão, vem, invente, neste gosto de especular ideia, de virar moça formosa aqui dentro deste livro que, sem você, ficaria assim: sobrando especulação aqui e ali e nada mais. Entrando nesta história, página qualquer, moça Diadorina vai encontrar guarda-roupa atafulhado de vestimentas feminis feministas para usar-abusar. Vem. Hem? Desde pequenininho você foi mais menina que menino: passarinho que se debruça — o voo já está pronto. Uê-uê, então? Vem, rapaz provisório, sim, se aprochega, entra nestas pragmáticas páginas para ser moça definitiva, sair de vez dessa sua noite de muito volume: aqui dentro tudo clareia, só tem palavra-candeia. Vem, ixe, silêncio, seu pai voltando... Oi, Coronel, sim, entendi: senhor não viu Diadorino no mato fugindo de rato? Acho que me enganei, quem sabe ele esteja no quintal deixando pião girando na palma da mão, talvez, não sei, cresce nunca esse rapaz, dezoito anos, mas parece procede como se tivesse doze, treze, se tanto, sim, senhor Coronel, aviso, sim, inté. Viu? Ouviu? Seu pai vai, de trem, lá em Sete Lagoas, para partes de consultar um médico, volta de noitinha. Vem, sai de baixo desta mesa e se aconchega aqui nestas páginas mágicas, metamórficas, para se transformar zás-trás numa menina; vem, menino molenga, narradora vai preparar tudo zás-trás ficcionalmente: depois do ponto final você vira outra vez este mesmo Diadorino songamonga aí, rapaz-menino tempo todo pelando de medo do Coronel Joca Romeno Ramiro, este que, bom, ninguém sabe direito se é mesmo seu pai, hã, Ana Duzuza sua mãe, Deus a tenha, pá-virada, virou tudo do avesso, ixe, muitos outros homens tinham sido a admiração da vida dela, aie, não devia de estar relembrando isto, contando assim o sombrio das coisas, sim, entendi: para você sua mãe era a sua mãe, essas coisas. Sim: agora cochilando no colo de Deus, talvez, tomara. Vem, aqui dentro destas páginas plenas você atinge a plenitude feminil feminista, moça inteira-completa desde o prólogo até o epílogo, sem esperar desfecho para se revelar mulher, tal qual romance monumental aquele, ah, sim, não faz menor ideia de que livro é esse, hã, você é tão iletrado quanto Coronel Joca Romeno Ramiro, bom, vem, aqui narradora pode, se você quiser, abrir já nas primeiras páginas bordel, sim, madame Diadorina, eh-eh, dona de prostíbulo. Hem? Suas noites ficarão atafulhadas de êxtases. Você escolhe. Querendo posso também, ao invés, abrir convento, sim, madre superiora Diadorina de Jesus. Hem? Pois. Maldade bondade se esturricando neste chão-sertão-sem-fim. Vem, dentro destas páginas Coronel Joca vai achar descobrir você jeito nenhum nunca jamais: é iletrado. Diadorino, Diadorina, zás--trás, entrou virou — livro metamorfose. Vem, depois de páginas tantas, você mesma, Diadorina, escolherá seus limites: narradora não vai dar mais conta de tanto voo feminil feminista — antes, persona calada; agora, alada. Vem... Oi, Coronel, calma, o senhor voltou mais cedo, guarda esta garrucha, por favor, sim, entendo, Diadorino é imagem esculpida encarnada dela, mãe dele, sei, entendi, o senhor não aguenta mais olhar pra ele sem se lembrar dela, biscaia biraia aquela, aie, faz isso não, calma, Coronel, não aperte o gati...

Viu? Pragmáticas páginas são da narradora, livro dela, faz o que quiser, sim, susto, foi nada coisa nenhuma, Coronel ainda continua lá pelas bandas de Sete Lagoas, sim, volta de noite, se é de ser, o céu embola um brilho, você sabe, treva toda do sertão também sempre fez mal a você. Vem conhecer nosso apreço desde o berço pela liberdade. Outra chance, vem, enquanto Coronel não aparece você se aprochega aqui nestas pragmáticas páginas passionais; vem perpetuar paixões, praticar rupturas, exaltar novidades e surpresas, praticar com entusiasmo a nova ética estética feminina feminista, criar assombros, sombras nestas terras esturricadas, conservadas, conservadoras. Vem, minha bela, se revela se rebela neste libelo. Aqui você será seu próprio sol, luz própria — Diadorina, a claridade, o esplendor. Sai de baixo desta mesa antes que ele, Coronel Joca Romeno Ramiro, a escuridão em figura de gente, volte, e, tau, faz a vida imitar a arte; vem, aqui você vai viver paixões vertiginosas, deixando de ser alheio, estranho a você mesmo, sendo você mesma: Diadorina; não vai ser mais Diadorino, rapaz de meio-dia com orvalhos, fraca natureza; vem, não tenha solércia de contradizer o Destino. Ah, sim, cantoria agora lá fora? Coral de solidariedade, Sorôco levando sua mãe e sua filha pra pegarem o trem do sertão, às 12h45m, sim, hospício, Barbacena. Cantoria bonita, plangente; vem, páginas todas, agora em diante, preparadas para acolher você, a outra, a moça, a mulher Diadorina que terá muitas vozes, muitas vezes, narradora pode deixar pronta preparada ali numa página qualquer, canoa para ela viver quanto tempo quiser na terceira margem do rio. Aqui tem transcendência também, tem todas as possibilidades de Diadorina acolher todos os mistérios, todos os acasos subjetivos, afagar todas as distrações, todas as coincidências, todos os inesperados; vem, sai de baixo desta mesa, lugar em que você reprime desejos, possibilita passividade, é objeto-sem-sentido; aqui você pode querer ser, será — mulher. Deixe de vez a insensatez dos murmúrios, dos bocejos; vem cumular plenitudes, se realizar tornando-se outra. Ah, sim, tropéis, muitos, apre, deve de ser o pessoal do Coronel Adalvino, com muitos soldados fardados, sim, medo seu se saindo ao inteiro, medo propositado. Vem, aqui nestas páginas? Livro amuralhado amulherado, muralha intransponível. Aconchegue-se neste paraíso léxico, universo à parte, liberto, libertino também, vem, não fique aí acocorado abestalhado debaixo desta mesa, entre, vamos desviar alterar seu curso, seu gênero, seu gênio, zás-trás num átimo: antes ino, agora ina — Diadorino? Diadorina. Resignação, não, bestalhão — vem ganhar ímpeto de se viajar às altas e ir muito longe. Narradora consegue para você bornal bonito enfeitado atafulhado de fascínios e feitiços e encantos e liberdade, esta que não pode ser diluída em outras palavras, dispensa sinonímia: Li-ber-da-de — somos todas seu reflexo. Vem, páginas inteiras livres para você praticar também sacrilégios e enunciar blasfêmias e explorar os domínios subterrâneos de todos os lados octogonais do desejo e corromper honras e tradições. Páginas libertinas. Vem, rapaz insosso, inexpressivo, songamonga, vem ganhar repugnâncias às amarras e instaurar novo tempo, este absolutamente feminil feminista, mulher absoluta. Também pode, nestas páginas plurais, entre um capítulo e outro, ser rapaz outra vez — o mesmo sempre acumula monotonia; qualquer moço outra vez, menos esse Diadorino bangalafumenga aí, acocorado acuado debaixo da mesa feito bicho do mato. Vem, aconchega-se dentro destas pragmáticas páginas sem deuses e mitos e sem metáforas; sagrado consagrado ao esquecimento — páginas-oblívio: só amanhãs, sim, aqui você desfruta tempo todo do a priori e pode ser demiurga de si mesma — ser sua própria tempestade, seu próprio relâmpago, sua própria chuva — mulher pluviométrica. Aqui nada de retalhos disso, daquilo: os delírios são inteiros, nada configura uma realidade, tudo além, transcendente. Vem ser paixão-ficção aqui dentro destas páginas passionais. Aqui ária, aí, árido; vem inaugurar o nunca-visto, presentificar profecias, arredar ingenuidades, desdenhar indubitáveis — chegou sua vez sua hora, sim, vem deixar a força da vida latejar em você — se houver algum inferno pelo caminho, Virgílio estará aqui estendendo a mão, mostrando veredas em direção ao paraíso. Vem decodificar a sintaxe cósmica do delírio, ouvir a voz das esferas, entrar no ritmo da transcendência, cultivar abstratos. Vem, bocó-brocoió: o mundo é mais amplo que esta mesa aí, debaixo da qual você se esconde acocorado acuado feito bicho do mato. Vem, aqui dentro seu novo corpo feminil vai provocar ressonâncias mágicas, corporais sensuais — rebelião luxuriosa; aqui lance de dados abolirá o acaso. Entre nestas páginas profanas, estas serão eco dela, sua metamorfose, feminina feminista. Sim, tropéis, muitos — vem, aconchega-se aqui dentro deste livro-resistência, amulherado amuralhado — transição, transfiguração, transubstanciação. Vem, bocó-brocoió, vem estimular escândalos, essência do rebuliço. Aí debaixo desta mesa você é figura de linguagem; aqui a própria palavra, esta que igual você será, já é feminina. Aqui dentro destas páginas proféticas você vai decifrar enigmas, contemplar o inexistente, acalentar o vertiginoso. Vem, rapaz-menino singelo, singular, vem ser mulher plural: feminina feminista anarquista — avesso do inexpressivo, isso que você agora é: insosso. Diadorina tempero, provocante, estimulante. Vem, rapaz-menino sambanga, vem viver em harmonia consigo mesma, feito as uvas que num cacho se repimpam; vem criar suas próprias suntuosidades equilibrando exigências, vivificando a completude das possibilidades fêmeas, femininas feministas — perpetuar as independências, desestruturar as engrenagens da obediência — libertas quæ sera tamen. Vem abolir privações dentro deste livro-libertação, destas páginas supremas, soberanas. Sim, tropéis, muitos. Vem, entre nesta muralha lexical, nesta fortaleza vocabular; aqui eles não entram: iletrados. Vem, sai de baixo desta mesa para desfazer recalques, eliminar bisonhices, exorcismar desbrios;

vem, rapaz-menino-desestímulo, vem ser mulher aqui tempo todo, desde o prólogo até o epílogo; desfaça rechaça esse gênero estranho à sua natureza; depois, volte outra vez para debaixo desta mesa, assim: acocorado acuado feito bicho do mato. Sim, tropéis, também ouço. Vem Diadorino virar zás-trás num átimo Diadorina: antes, vinagre; agora, azeite puro vindo do mais sensual olival. Sai de baixo desta mesa: aí você é coisa nenhuma, silhueta do nenhum, nonada; aqui, a honra é idêntica para todos, imutável, mesma ressonância. Vem, exaustivo ver rapaz-menino insosso aí acocorado acuado feito bicho do mato; vem, livro aqui sem você, feito você aí: inexpressivo; páginas sem Diadorina vivendo dentro delas, ixe, alma do texto adoece, enfraquece, perde o gênero, o gênio, tudo fica sem fatos, casos, cenas, sem feitura franca, palavras, feito gado miqueado assim, à melindreza, e que não se toca, não tem toada. Vem, deixe de lado esse rapaz sorrateiro, vem ser viver moça às escâncaras — riscos abolindo tédios. Aqui nestas pragmáticas páginas você será sua própria influência, poderá abolir desconsolos, intensificar ênfases, reunir num só espaço todas as unidades geográficas do poder feminino feminista. Sim, tropéis, mais próximos, também ouço: soldados malvados chegando sem nenhuma declaração prévia. Vem, entre logo aqui bocó-brocoió, vem ser você mesma seu próprio batalhão; livre-se do desespero de não ser nada, nem mesmo filho dele, seu pretenso pai, Coronel Joca Romeno Ramiro. Vem, aqui você mantém intacta a altiveza criando cantando sua própria Marselhesa. Liberdade aqui nunca será feito agora, aí debaixo da mesa, um vulto. Vem apalpar as sensíveis tramas do desejo, multiplicar as labaredas do gozo, vem, tudo à sua volta será fremente fervente, vem possibilitar fulgurâncias e ser cúmplice do interdito e do desaprovado e acalentar astúcias e proceder luminosidades e desemperrar os insaciáveis e as emotividades e estancar exasperações. Vem, sai de baixo desta mesa, espaço dentro do qual você acomoda seu desconsolo, sua apatia, sua inexpressividade — mãos estendidas à displicência. Vem ser Diadorina, a plural: feminina e feminista e anarquista; mulher tempestade que rechaça estiagem, explora as cavidades naturais dos abismos. Vem. Praticar feminismo não é exercício apenas pedagógico, é biológico, decodificação ontológica. Aqui nunca haverá absurdo nos excessos; sempre possível pactuar com o dubitável e empreender finalidades para se apoderar da intenção, do intento. Ei, Coronel Adalvino, faz isso não, Diadorino rapaz-menino inocente, bate nele não, sim, entendi, levar filho para depois pedir resgate pro pai, ixe, sequestra bocó-brocoió, não, por favor...

Invenção-ficção da narradora outra vez para assustar sambanga aí debaixo da mesa: Coronel Adalvino e soldadesca, todos passaram direto, ouça, sim, tropéis agora distantes. Tatarana. Assim é que é assim. Vem, vou deixar você tramar revoluções com Rosa Luxemburgo, sim, trago de Berlim a marxista feminista para viver aqui nestas páginas promissoras; sim, rapaz-menino bocó-brocoió, iletrado, sabe nada sobre a Rosa Sangrenta, mas quando virar Diadorina, esta sim vai saber poder, entre tantas outras estripulias revolucionárias, incitar a desobediência civil e poderá também, quem sabe (?), narradora vai pensar direito, sim, você poderá impedir assassinato dela, lutando com bravura contra aqueles malditos membros da Freikorps, grupo paramilitar reacionário; sim, rapaz-menino bocó-brocoió não sabe, iletrado, entanto,

Diadorina vai saber vai querer viver para impedir que sua amiga companheira Rosa seja assassinada e jogada num curso de água de Berlim. Sim: Diadorina vai chegar aqui nestas progressistas páginas já sabendo que: quem não se movimenta, não sente as correntes que o prendem. Vem. Ah, Simone Weil, acho que páginas tantas virá também, sim, você rapaz-menino sambanga, iletrado, nunca ouviu falar, mas você-a-outra, a Diadorina, vai também, à semelhança dela, Weil, buscar compreender o estatuto do trabalho na vida humana e vai aprender que nada no mundo poderá impedi-la de se sentir nascida para a liberdade. Vem bocó-brocoió virar Diadorina: juntas, Luxemburgo e Weil e você, todas, vão regenerar a existência feminil feminista, formando trio de inquietante exuberante cumplicidade; cada qual com seu feitio, sua têmpera, mas todas prontas para reprovar padrões estabelecidos; todas, mulheres plurais, as três, femininas feministas, socialistas espiritualistas — trazendo dentro da alma um lirismo envenenado, uma poesia veemente intransigente. Vem, rapaz-menino insosso, sai de baixo desta mesa, espaço exíguo de perspectiva, esconderijo inócuo, cubículo-crepúsculo. Vem se desvencilhar desse apocalipse interno, dessa escatologia interior. Angustiante ver você aí acocorado acuado feito bicho do mato. Vem. Aqui ela, a Weil, vai explicar para você, entre tantas outras coisas, que o mal é ilimitado, mas não é infinito. Rosa e Simone e Diadorina: revolução e religião e feminismo e lirismo, tudo unificado colado num único trio feminal magistral, feminino feminista espiritualista. Vem, aqui nestas pragmáticas páginas você aprende indisciplina e apreende inconformismo e controla opressões. Vem, bocó-brocoió, rapaz-menino, vem ser aqui dentro mulher-plural, sim, você não conhece, iletrado, mesmo assim vou trazer também para estas páginas poéticas, Anna Akhmátova, esta que vai se juntar a vocês três para iluminar este nosso mundo lexical com sua sóbria e aristocrática beleza da serenidade. Vem. Vocês agora serão um quarteto — quatro cavaleiras do após-castrismo, sim, nova doutrina, única, fêmea, inteiramente femínea — gênero-generoso, também impiedoso, motivo pelo qual sempre perguntam: O grande mundo é a forte arma. Deus é um gatilho? Huummm. Chegam, todas, juntas, para transtornar as impossibilidades, desmentir o inviável, vivificar vozes caladas em tempos sombrios, sim, agora quinteto, sim, Arendt também chegando entrando nestas páginas. Vem. Inquietante ver rapaz-menino aí debaixo desta mesa, recanto quase-oculto, vem virar Diadorina, compor quinteto magistral mulherial. Vem aprender com Hannah que a ação é livre e é um fim em si mesma. Vem, agora vocês serão cinco, juntas, numa relação orgânica espontânea — rebeldia feminina feminista, total e irrevogável; quinteto gênero coerente harmonioso: plenitude feminil, feminista, culminância fêmea — resistência absoluta. Vem, rapaz bestalhão-prostração, vem ser ela, a bela, aquela encantadora Diadorina, a ígnea, o fogo florido, a tempestade lírica, o clarão incandescente da liberdade. Vem. Sai de baixo desta mesa-escuridão, espaço exíguo, parco tal qual sua vontade, seu interesse em tudo-todos — rapaz-menino afagando a todo instante o arredio, sonsice esculpida, encarnada. Vem ser a outra, aquela que você sempre quis ser, mas nunca soube, sim, Diadorina entrando nestas pragmáticas páginas vai conhecer todos os lados octogonais da palavra ação, e todas as suas múltiplas etimologias atuantes. Diadorina aqui dentro vai recriar purificar o som, a emotividade do vocábulo igualdade. Diadorina quíntupla: ela, mais aquelas majestosas gloriosas heroínas, juntas, sábia simbiose, coletivo objetivo; quinteto exalando independência com todos os signos e sons; cinco vozes em harmonia com a plenitude — o sublime fechado em si mesmo. Vem. Desconcertante ver rapaz-menino sambanga acocorado acuado aí debaixo da mesa feito bicho do mato, hipnotizado pelo arredio. Vem se aliar à indignação quíntupla, se juntar às cinco deusas da destemidez, às gêmeas gênias da altivez — afinidades e afetividades e rebeldias atingindo o pórtico da sublimidade. Afinação espiritual, profanal. Quinteto extraindo poderes plenos de si mesmo. Sedução composta por cinco elementos-engajamentos. Cinco mulheres em relação viva com o cosmos, com as transcendências astrais, lexicais: aqui, elas, vocês, serão a palavra e a frase e o parágrafo — páginas todas, livro inteiro: do prólogo ao epílogo. Quinteto onisciente, saber consumado plenamente. Vem, Rosa e Anna e Simone e Hannah já estão aqui nas entrelinhas esperando você, Diadorina, para costurar, juntas, todas as próximas promissoras frases. Sim, cantiga plangente, Sorôco e sua mãe e sua filha, sim, ainda na plataforma da estação esperando trem, Barbacena, hospício, mas narradora, você, ambos não podem não devem mudar de assunto não, seu rapaz-menino bocó-brocoió, vem virar Diadorina e se enlouquecer de tanto esplendor — loucura resplandecente, luminosidade intensa, vertiginosa, atordoante. O inédito se desdobrará à sua frente negando o mesmo e o costumeiro — você e todas elas, as outras quatro, vão criar novo ciclo, reinventar circunstâncias, transfigurar o desnecessário, inventar o mais adiante do repartir, do partilhar; nunca nenhum grito de revolta será jogado no vazio.

Narradora olhando agora da janela vê carro que ainda está no desvio de dentro, na esplanada da estação, mas as pessoas já estão de ajuntamento. Sorôco já está lá com as duas, mãe e filha, conforme, sim, Barbacena, hospício — longe, para o pobre, os lugares são mais longe. Sim, acorçoo do canto, das duas, um constado de enormes dificuldades desta vida, que dói na gente. Sim, elas, cantando continuando. Vem, aqui nestas promissoras páginas, quinteto feminino feminista vai reconquistar estado original dos vocábulos Reivindicar e Atuar e Realizar — guerrilheiras fêmeas e ferozes e feminis e feministas e intrépidas e impávidas. Vem, bocó-brocoió, entre neste livro-livrança, nestas incontidas incondicionais pragmáticas páginas; vem, chega trazendo chave da liberdade para Akhmátova, que ficou de pé trezentas horas sem que os portões para ela se destrancassem. Vem. Vocês, as cinco, o quinteto, todas, sabem que viver não é empreitada fútil e que nada ninguém conseguirá transformar seus brados em balbucios ininteligíveis. Resignação, não, bestalhão: vem virar Diadorina para se juntar a elas: Ana e Rosa e Simone e Hannah — unidade significativa, compacta, inseparável, viva, movida pelo ideal monumental feminal feminista: hora e a vez da lucidez, sempre respeitando os princípios rítmicos do canto da liberdade, este que abre as eclusas da autodeterminação, da soberania quíntupla, sim, quinteto extraindo independência de si mesmo. Vem, bocó-brocoió, deixe de lado essa passividade propícia ao desconsolo. Oi, Sorôco, calma, leva sua mãe e sua filha, apenas, ele não, por favor, rapaz-menino é bocó, sim, mas não é transtornado aloucado, por favor, Barbacena não, hospício não, ixe, Diadorino já entrou no acorçoado do canto das duas, mãe e filha...

Viu? Narradora quisesse deixaria Sorôco levar você para Barbacena, hospício, mas deixou não: posso tudo aqui dentro destas pragmáticas páginas. Sim, trem saiu, ouça: traque-traque, traque-traque. Agora vem, outra chance, entra nestas metamórficas páginas. Vem, aqui você vai conhecer saber delas, as quatro, todas as rimas e todas as aliterações e todas as metáforas e todas as metonímias do Poema Liberdade; vem aconchegar também o espiritual, sim, vou chamar a refinada espiritualizada Edith Stein, que vai ensinar a busca da identidade própria, a busca da dignidade humana, vai ensinar a todos a necessidade de se preocupar com o outro — sim: revolução, religião; vem completar esse novo sexteto feminino e feminista e socialista e espiritualista, sim, mulheres plurais magistrais — sexteto inserido no contexto, na conjunção, na união entre ação e contemplação. Este mundo é muito misturado, mas transtraz esperança mesmo no meio do fel do desespero. Vem. Billie vez em quando vai contar cantar sobre aquelas frutas estranhas penduradas nos álamos. Vem ouvir a bela Billie, deusa-ébano, arvoredo pujante consonante. Vem Diadorino sambanga virar Diadorina e se juntar a todas elas, menos Billie, presença sazonal musical, sim, todas as cinco para completar sexteto magistral monumental. Vem, aqui você vai encontrar poesia na revolução, na religião — exaltação da imaginação; vem crescer florescer, flor flúor da liberdade, este projeto humanista idealista; vem depreciar a ilusão, evidenciar o vigor o ardor da luta justa realista feminista; vem tomar atitudes sem espantalhos de virtudes, vem ser acontecer pertencer; aqui o agora é o tempo apropriado, proveitoso vantajoso, pleno, nada vazio, nada tardio; aqui não partimos do pressuposto, antecipamos conjecturas entrando nos atalhos rastreando chocalhos dessa manada farsista machista oportunista — toda opressão cria um estado de guerra — diria Beauvoir, páginas tantas, se pudesse quisesse entrar nestas pragmáticas páginas, às vezes inflamadas, às vezes irônicas, às vezes vulcânicas — com alguns targuns, alguns senões sem sermões, sem panaceia, tutameia, mas sempre preparadas para repelir expelir facciosos, infecciosos machistas totalitaristas; aqui nem sempre a paciência, a sutileza são infatigáveis — estoicismo pleno às vezes provoca exaustão, estafa estoica — a essência dos Direitos Humanos é o direito a ter direitos, dirá Arendt, páginas tantas, assim que Diadorino virar Diadorina para entrar nestas filosóficas páginas deste livro-cordel, sem tom pastel, cores vibrantes atuantes tal qual sexteto inserido no contexto da razão, da paixão, do conhecimento, do pertencimento. Vem rapaz-menino bocó-brocoió, vem virar moça-menina: aqui nada é secundário, tudo é principal primordial, humanitário, igualitário; vem saber que o mecanismo do acontecer é um engenho da luta da labuta altruísta feminista; vem virar mulher para dar nova coloração aos seus passos com traços feministas-humanistas — liberdade eufórica, pictórica; vem viver nestas páginas com espaços ampliados alargados para a reflexão, monopólio da razão; vem nadar flutuar nas águas que deságuam no mar da igualdade, oceano soberano da liberdade, da diversidade; aqui toda mulher é sol, escol, luz que atravessa as medonhas entranhas do machão machista totalitarista; entre nestas páginas poéticas para fundar um novo tempo, templo plural, feminino e feminista e socialista e espiritualista — sublevação, meditação. Desintegração da metodologia do único, do é-isso-e-pronto; sexteto vai instaurar o diverso, a diversidade, a liberdade. Sexteto belo, bélico, bíblico. Rupturas rutilantes — idealizar a semelhança, a simetria, o equilíbrio, a proporção — afagar afinidades. Vem compor completar o sexteto do dizer-e-fazer; vem aconchegar acertos, enjeitar equívocos: luta lúdica, lúcida — ruptura com ternura; criar a sintaxe do poema progresso: igualdade rima com liberdade que rima com fraternidade — sim: manifesto com tópicos utópicos: a vida não tem a duração e a consistência dos sonhos? Revolução rimada ritmada; eloquência poética apologética. Rebeldia contra a versificação irregular da desigualdade. Vem, sai de baixo desta mesa, espaço sombrio, opressor, lugar no qual bocó-brocoió se esconde do pai que não é pai, da vida que não é vida, do Diadorino que não é Diadorino, que não é ele mesmo, mas que pode ser ela, a bela bélica Diadorina. Vem, minha bela, se revela se rebela neste libelo. Aqui você, sexteto todo, todas serão posteriores ao desencanto, serão contemporâneas do acontecer, do concluir, do exercer. Luta culta, profética, poética. Sexteto contexto plural, contrário, comunitário, contrapondo-se ao egoísmo, ao individualismo. Revolução-inclusão. Atração apaixonada pelo Juntas-Seremos-Muitas; justiça e paixão e desejo, plenos: materializando o utopismo. Sexteto que poderá a qualquer momento, páginas tantas, virar hepteto, sim, pensando em trazer Flora Tristan, sim, você brocoió, iletrado, não sabe, mas Diadorina vai saber que essa sindicalista feminista inspirou muitos, muitas, inclusive Marx; ela sabe expiar o primeiro das coisas, mulher de palavras certas, claras, como conforme, grandeza-singeleza: sabe que só se pode viver perto do outro, sem perigo de ódio, se a gente tem amor. Flora, a mãe do feminismo e do socialismo comunitário popular, explicou para narradora que não pode por enquanto se acomodar nestas pragmáticas páginas: está atarefada demais, atordoada no meio na metade de seu livro *Peregrinações de uma pária* — motivo pelo qual você e elas, as cinco, o sexteto decodificador tradutor do Possível, do Plausível, continuarão aqui para suprimir distâncias, criar a estética do fronteiriço, do próximo — ética do amparo, da proteção: ética estética do transparente; sexteto vai sacudir, transformar o verbo esperar em alcançar, chegar — abolir a nostalgia, configurar o agora, lapidar o determinante, extinguir o embrutecimento viril varonil; estabelecer o território o distrito perito feminino feminista socialista espiritualista; inexcedível, muita ética, muita estética poética, muito ativismo, muito lirismo — comando sem desmando, liderar-respeitar, reger-condescender. Sexteto afeito às dignidades, muitas, múltiplas: mundo-mulher--absoluta: justiça sem cobiça, enfrentamento sem ressentimento — poderes sem perder deveres. Vem, rapaz-menino sambanga, iletrado, vem virar zás-trás moça-menina Diadorina, a sagaz, a bela, a felina, feminina, a feminista, a socialista espiritualista — mulher múltipla, plural, magistral. Vem possibilitar a recombinação de elementos, formar novas ideias, sutis feminis, surpreender o hemisfério ainda macro macho másculo; vem mostrar que este sexteto é cêntuplo, centuplicado, insuperável, inexpugnável. Vem rapaz-menino bocó-brocoió, se rebela se revela neste libelo — antes, Diadorino; agora, Diadorina. Vem fazer parte deste sexteto, este que vai redefinir o inóspito, transmutar a inércia, dar novo significado ao verbo desinteressar. Vem, brocoió, vem virar Diadorina, a sexta, sim, as outras cinco já estão nas entrelinhas destas pragmáticas páginas; assim que você chegar, entrar, elas viram frases e parágrafos e capítulos inteiros para consubstanciar independências, desestruturar esse império pífio, empafioso, mulo nulo, machão valentão. Vem. Ah, sim, boato corre solto lá no arraial da Virgem Nossa Senhora das Dores do Córrego do Murici, sim, Augusto Esteves, vulgo Augusto Matraga, é seu pai, legítimo, sim, ele e sua mãe, hã, compadre chegadindo chegou. O ruim com o ruim, terminam por espinheiras se quebrar, sim, Nhô Augusto, dizem, vem buscar você pra morar com ele. Vem, você está muito velho para ter pai novo; aprochegue-se nas pragmáticas páginas deste livro-baluarte, barricada, cidadela feminina feminista, socialista espiritualista — residência resistência de perfil feminil. Vem, juntas, as seis, o sexteto vai assombrar poderes estabelecidos apodrecidos; vai ensinar explicar enfatizar o papel da experiência com a grande mestra dos oprimidos; vai forjar o estratagema do cavalo de troia feminista para surpreender os incautos incultos farsistas machistas com suas trafulhices, suas estultices — detratores promotores de elóquios colóquios obtusos abstrusos. Aqui nestas igualitárias páginas, nenhuma mulher será supérflua; nunca jamais aceitará a servidão; angústias inúteis serão extinguidas; sexteto vai ensinar estética impregnada de tolerância ausente de submissão — seis Antígonas desestruturando Tebas; vão criar o ritmo universal do idioma convincente transparente, sem doutrinas herméticas, ocultas, tudo às escâncaras, mas intensamente poético — preceitos perfeitos, livres, líricos; vão prestigiar os arredores, os arrabaldes, elas, aquelas à margem, na terceira, talvez; vão decodificar a poética da própria estética, mostrar o percurso do próprio discurso, distinguir todos os lados dos próprios enunciados. Vem praticar essas liberdades todas movidas por geometrias livres líricas; aqui nestas libertas, às vezes libertinas páginas, você exercita teologia e sociologia e filosofia, e, nas entrelinhas, alguns rituais festivos: a vida é uma questão de rasgar-se e remendar-se. Vem, entre neste livro divino libertino — aqui tudo é explícito, nada às escondidas, nem mesmo as frases têm sentido oculto; não há repúdios reprimendas aos soluços aos espantos. Vem, bocó-brocoió, vem virar Diadorina, a Divina, vem ficar sabendo entendendo muitas coisas nestas páginas eruditas, descobrir que o escritor mais importante da Nova Espanha era uma mulher: Sor Juana Inés de la Cruz, sim, vou pensar melhor, talvez ela também se junte a nós num capítulo qualquer, ah, Juana e seus desenganos, estoicos, cristãos, ela aquela em cujos poemas os homens são fantasmas, sombras sem corpos. Oi, senhor Augusto Matraga, susto, não esperava o senhor chegando assim, abrupto, sim, chegou sua vez sua hora, a-hã, pode levar, é seu, bocó-brocoió é seu filho, legítimo, sim, o senhor e a mãe dele, biscaia biraia, eh-eh, o ruim com o ruim, terminam por as espinheiras se quebrar, sim, pode levar rapaz-menino sambanga que não quer virar mulher formosa poderosa, hã, leva, adeus, bocó-brocoió...

Bobagem, Augusto Matraga apareceu aqui não, coisa nenhuma, narradora só queria assustar rapaz-menino sempre acocorado aí debaixo da mesa, feito bicho do mato. Vem. Narradora confusa abstrusa é paciente, espera mais quantos capítulos forem necessários. Vem. Portas da compreensão estão abertas para você. Aqui igualdade e liberdade se enlaçam, se fecundam; aqui, nestas pragmáticas páginas, a inoportuna citação do adjetivo repulsivo machista suscita em todas nós imagem de um pesadelo; vem você também se entrelaçar deixar seus passos se juntar aos passos divinos peregrinos de Akhmátova e Luxemburgo e Weil e Arendt e Stein. Vem saber que o machismo é a não razão esculpida desgraçada encarnada e que a altivez da mulher é por si mesma o antídoto contra a misoginia. Vez em quando, Billie vai cantar encantar o sexteto. Sai de baixo desta mesa, vem se aconchegar neste nosso mundo léxico, feminino feminista, socialista espiritualista — livro libelo, liberto, aberto a todas as possibilidades transformadoras, tentadoras, transgressoras. Vem. Sexteto vai falar mostrar nestas páginas promissoras todas as possibilidades amorosas, não excluindo nem mesmo amores profanos; vai mostrar beleza, engenho e saber; vai romper a simetria desistir-sucumbir. Profissão de fé delas, as seis? Liberdade. Vem. Nenhum espelho aqui reflete desespero. Jagunços, soldadesca, coronéis entram jeito nenhum: iletrados — livro nação fortificação, pátria pétrea, território encantatório, país poético: rimas a mancheias, aliterações a cântaros. Em todos os cantos. Vem viver Diadorina possibilitando ao lado delas, as outras cinco, impedir, a priori, premeditadas desigualdades; estancar opressões; rechaçar injustiças, todas estas que acaso orbitarem à volta deste sexteto divino, paladino; esgaravatar ganhar afetos, sem perder compostura; restaurar todas as insígnias da paridade e do equilíbrio e da harmonia entre todas que viverão aqui em todos os cantos, mesmo nas entrelinhas e mesmo nos pós-escritos e mesmo ao pé das páginas acomodando-se orgulhosas nas informações bibliográficas — igualdade semântica, sintática, absoluta. Aqui? Seis personagens independentes procurando autor coisa nenhuma: sexteto será ele mesmo seu próprio leitmotiv nutrindo de sabedoria e encanto umas às outras: sexteto lúdico, lúcido, também às vezes provocador, às vezes blasfemador: eu o fiz beber tanta amargura que o deixei bêbado de mágoa — dirá páginas tantas, capítulo qualquer, Anna Akhmátova, mas depois que você rapaz-menino bocó-brocoió, iletrado, virar Diadorina, a divina, a sábia e ferina e feminina e feminista. Vem. Mira-Cele também virá, sim, Diadorina vai gostar de ouvi-la, mas sem vê-la: ela nunca se mostrará — motivo pelo qual sexteto permanecerá intacto. Vem, bocó-brocoió, sai de baixo desta mesa onde você fica aí acocorado acuado feito bicho do mato; vem, antes que seu pai que não é seu pai, Coronel que não é Coronel Joca Romeno Ramiro volte de Sete Lagoas para dar outra surra em você, sim, por causa de sua parecência com sua mãe, ela aquela biscaia biraia; vem, aqui em cada parágrafo, todas vão ouvir o ressonar de liberdade — canto encanto da independência. Aqui não há ambiguidades, tudo certo, claro, manifesto; palavra prevalece com sua força magistral lexical — verbo vence, convence, sem força sem furor agressor. Aqui, acúmulo de fraternização, todas lutando pela mesma causa: autonomia feminina feminista; ética poética, estética fêmea; viço, vivacidade feminil feminística. Vem, rapaz-menino sambanga, vem virar mulher para possibilitar transcendências vivendo aqui dentro, espaço em que não há luzes difusas, mensagens confusas, doutrinas abstrusas: a violência às vezes é necessária, mas a meus olhos não há grandeza senão na doçura, dirá Simone Weil, páginas tantas, capítulo futuro qualquer quando você, rapaz-menino, iletrado, virar moça-menina ladina aqui neste livro talismã--cidadã, amuleto sexteto, este ao mesmo tempo belo e bélico e terno e sociável e amigável, entanto, quando é preciso, implacável, mas nunca haverá espaço para a desatenção — explícitos ouvidos receptivos aos solícitos. Sexteto rimado ritmado. Vem; sai de baixo desta mesa aí onde você fica acocorado acuado feito bicho do mato; virando Diadorina você vai saber o significado da palavra metamorfose, vai sentir na pele o que é transformação, transmutação; aqui você nunca será entregue às ciladas do mundo macho, este cacho de bagos acres, agres — universo fosco, tosco. Vem viver muitos múltiplos momentos de culminâncias, relevâncias sentindo a importância de ser mulher, bem-me-quer, ser nosso benquerer, fazer o que bem entender, amar namorar, viver noutro patamar, diagrama que transcende os traços dos próprios traçados. Aqui sexteto vai deitar fogo às iniquidades, arquejar prepotências, fletir deboches e desdéns, destronar a pompa a pose viril varonil. Aqui o ritmo, o som, o tom são do feminismo absoluto: feminil feminista, socialista espiritualista — proveitos mútuos, simbiose teologia-sociologia. Vem praticar o sagaz, o exercício de criar torrentes infindáveis, fulgurantes, desta esplêndida obsessão intenção de intensificar atributo resoluto do belo elo feminino feminista. Vem aprumar ânimos, afagar magnânimos, vem ser mulher absoluta, ave que abre desbrava o próprio voejar reinventando ventos, forjando alturas, impondo posturas voantes voejantes; vem mudar a rota, trocar a frota — menos ino mais ina, desfraldando a bandeira fêmea, a insígnia feminista: direito e justiça, santa cobiça; vem possibilitar, as seis, o sexteto, este sempre preparado, a priori, para instáveis circunstâncias, para subjugar à partida, de modo intuitivo, dilemas viciosos, proclamar o sublime a todo instante: aqui lira não canta em vão; sexteto vivifica o equânime, reanima o justo, reinventa virtudes, arrefece com vocábulos-sabres-sábios iras alvoroçadas; sexteto consistente, estável, perpétuo: distante do jardim de Adônis aquele de flores efêmeras; sexteto motriz geratriz de soberania feminina feminista — capaz de desatar todos os nós inextricáveis do abstruso confuso juízo varonil juvenil da macheza com toda sua ardileza. Vem, sai de baixo desta mesa aí bocó-brocoió, vem virar Diadorina, esta que nunca vai se agarrar às pedras e delas assumir as cores, tal qual polvos medrosos; vem, aqui vocês, todas, as seis, encontrarão por si a ocasião de cada rebelião — sublimes sublevações; vem, rapaz-menino sambanga, entre nestas pragmáticas páginas para viver morar namorar com elas, as divinas Luxemburgo e Akhmátova e Weil e Arendt e Stein; vem amar vivenciar sabedoria e encantamento e virtude e independência; transgredir seduzir, deixar o prazer da excitação sexual atingir alturas lonjuras: enlevos em relevos — muita coisa excitante acontece entre o cálice e a ponta dos lábios; vem se juntar às outras cinco, compondo formando seis mulheres que sabem ser sábias para si mesmas — e para tantas outras de gêneros iguais diversos; sexteto que sabe mover o que parece ser inamovível, este perecível monumento elemento da frágil estrutura varonil juvenil. Sai de baixo desta mesa, rapaz-menino bocó-brocoió aí acocorado acuado feito bicho do mato; vem saber que o feminismo, esta ponte que atravessa sessenta rios, como diria aquele poeta celta, vai durar para sempre mais um dia; e que aqui nestas pragmáticas páginas não há claudicâncias, desconfianças: pode-se jogar às escuras com o sexteto — confiança indiscutível. Ixe, narradora ouviu dizer lá pelas bandas da fazenda da Tampa, cujo dono,

Major Saulo, anda fulo da vida porque descobriu que bocó-brocoió aí roubou burrinho pedrês dele, mesmo agora com olhos remelentos, pálpebras rosa, quase sempre oclusas, em constante semissono, ixe, cuidado: Major aquele que só com o olhar manda um boi bravo se ir de castigo, ixe, narradora descobriu que ele vem vindo prender rapaz lavradaz, hã, preguiçosos não estão sempre em férias, hã, corvos maus, ovos ruins... Oi, Major Saulo, surpresa, narradora não esperava o senhor tão cedo, sim, ali debaixo da mesa, roubou furtou seu burrinho pedrês, o Sete-de-Ouros, sim, animal emancipado, de híbrido infecundo, sem sexo e sem amor, sim, senhor, está ali acocorado acuado feito bicho do mato, a-hã, pode levar rapaz lavradaz...

Mentira, bocó-brocoió: Major Saulo morreu ano passado, logo depois que Sete-de-Ouros havia procurado um lugar qualquer, para morrer de cansaço, entre a vaca mocha e a vaca malhada, quase sem bulha, na escuridão. Vem, bocó, chance continua: narradora desiste nunca, quase nunca, depois do epílogo, talvez. Vem possibilitar incitar claridade no titubeante claudicante talvez, afirmando reverberando o som do belo do elo entre todas as muitas múltiplas, estas unidades básicas da construção da matéria, desta substância soberana, cujo nome é independência — antonomásia: emancipação. Sim, seis, juntas, sexteto que sabe que, do nada, nada pode provir; que nada ninguém, nem viril nem varonil, pode dissolver suas junturas sêxtuplas. Vem, rapaz-menino sambanga, vem virar Diadorina, a ferina a divina a felina, muitas, todas interagindo em proveito mútuo, também para muitas — igualdade em qualquer circunstância: Diadorina Equânime; vem rapaz-menino virar mulher aqui nestas páginas femininas feministas onde entrará nunca jamais Joca Romeno Ramiro, seu pretenso pai: iletrado; sim, narradora não está falando daquele outro Ramiro, porte luzido, passo ligeiro, as botas russianas, a risada, o bigode, o olhar bom e mandante, sim, falo do seu pai que não é seu pai, este que vem vindo de Sete Lagoas, sim, quando chegar, hã, mais uma surra porque você rapaz-menino esculpido-encarnado mãe, hã, biscaia biraia aquela. Vem: o real se dispõe para a gente é no meio da travessia. Vem, rapaz-menino bocó-brocoió, esperança às vezes desaparece, mas não perece, vem, você pode, deve virar mulher, se quiser, muita múltipla numa só, gêneros tais quais homossexuais, naturais, substanciais. Vem possibilitar transformações, criar palavras-rajadas capazes de derrubar pressupostos impostos há milênios, anteriores aos essênios; vem oferecer resistência à insistência milenária misogenária; vem chocar, ousar, oferecer obstinação, dispor brios, evocar determinação, prestar solidariedade, aqui nestas pragmáticas páginas deste feminino feminista, socialista espiritualista livro-libelo-liberto, aberto às possibilidades fêmeas, místicas, feminísticas. Sai de baixo desta mesa, bocó-brocoió: angustiante ver você aí acocorado acuado feito bicho do mato, vem você também, depois de virar Diadorina, abrir os portões que levam à estrela da manhã — tal qual ela, sua nova companheira, parceira, aliada, possível namorada Akhmátova; vem, entre neste livro-libelo, nestas frases fraternas, nestas rimas internas, território da sintaxe feminina feminista — apologia mística socialista eucarística feminística: tratado literário libertário, libertino, divino; vem, bocó, vem se definir, se reunir ao feminil, se juntar às deusas, as cinco, para virar sexteto inserido no contexto da plenitude fêmea. Sai de baixo desta mesa, rapaz-menino sambanga, vem virar Diadorina, mulher ativista socialista, feminista espiritualista — fêmea numerosa, muitas, múltiplas — mulher magistral plural, todas, as seis, sexteto cêntuplo, prolífero, prolixo. Vem, aqui nenhuma ambição é ingênua, nenhuma causa é incauta, nenhum avanço é inexequível, infalível — objetivos efetivos: essência e instinto feminino feminista integrais incondicionais. Aqui somos todas Sherazades, entanto, nossas histórias são completas: não precisamos entreter, não, nenhum Sultão — mas com o mesmo encanto literário; aqui você vai saber que a feminista gesticula com os próprios gestos, fala com a própria voz, sim, também acreditamos que milagres são ostentações vulgares; vem possibilitar vitórias civis feminis, vivificar inconformismos de todos os quadrantes, qualquer instante, rechaçando abdicando resignação: em todos os lados, brados — rimas e aliterações e hipálages e anexins e provérbios e poemas: conjunto de materiais lexicais de combate, artilharia deste livro liberto, libertário, feminino feminista, socialista espiritualista. Vem elaborar possibilidades, concluir convicções, precipitar princípios, cativar conformidades; vem virar Diadorina, mulher-menina, trazendo doutrina, conceitos preceitos afeitos às igualdades absolutas. Vem se juntar formar sexteto para abaixar o facho do macho, abolindo ardis viris varonis; vem ser sexteto, este em que cada uma são muitas, múltiplas, fêmeas irrestritas, plenas, sim: a essência mais íntima do amor é a doação — dirá páginas tantas, capítulos vindouros, Edith Stein, depois que você Diadorino virar Diadorina, entrando neste livro liberante aliterante, triunfador versejador. Sai de baixo desta mesa, rapaz-menino bocó, cuidado: Coronel Ramiro vem vindo para açoitar, golpear você com açoite, sim, por causa de sua parecência com ela biscaia biraia aquela, vem, narradora desconfia que ele já saiu de Sete Lagoas, trote rasgado, vem, entra aqui que aqui ele não entra: iletrado. Vem possibilitar viver várias mulheres através de uma só; vem se juntar a essas muitas com outras tantas Rosas e Annas e Simones e Hannahs e Ediths, multiplicando a voz da regência fêmea por excelência — a hora e a vez de Augusta Matriarca; vem, vocês, as seis, o sexteto definirá o futuro, tempo que se seguirá fêmeo — amanhãs cidadãs. Vem. Aqui você, vocês todas, encontram sentido novo universal do ideal-mulher: feminino feminista, socialista espiritualista — místico feminístico. Vem. Viver aqui não é descuido prosseguido: vive-se além dos levianos sentimentos, na verdadeira dignidade feminina feminista; vem possibilitar propósitos prestigiosos, vem ser sagaz e não acreditar em todos os indícios, todos os vestígios, quase sempre viris, quase sempre senis; vem driblar hostilizar desbrios, ludíbrios masculinos, desdizer suas promessas fátuas, seus fogos fátuos, viris pueris, machos capachos da prepotência, ah, seus ridículos testículos; vem poder se enraivecer sem afogar mágoas nas águas do ressentimento; vem ser Diadorina, ferina, divina, possibilitar que nada suceda além de servir, dividir, extrair encanto em cada canto destas páginas equânimes, magnânimas; vem, bocó, vem virar Diadorira, vem, ixe, acho que Ramiro vem avançando, tropa com cavalos, cavalama; vem se ajustar no meio delas, as cinco, gente sendo seis, garante mais para se engambelar, vem, aqui Coronel Joca Romeno Ramiro entra não, jeito nenhum: iletrado. Vem, bocó-brocoió virar Diadorina para cavar encontrar na claridade todos os lados octogonais do misterioso encanto sibilino feminino. Vem, menino bocó, aí ao rés do chão, vem virar Diadorina para inventar voos, ser alteza, arrumar nobreza, criar atitudes ganhar altitudes. Sai de baixo desta mesa, hã, melancólico demais ver rapaz-menino acocorado acuado num canto feito bicho do mato; vem completar sexteto poesia, vocês próprias, as seis, poetas, todas, irmãs gêmeas das palavras poéticas, proféticas, fêmeas semelhantes consoantes — incesto poético entre todas, as seis, e o poema — sexteto ode que pode tudo; vem, minha bela, se revela se rebela neste libelo; vem possibilitar fúrias sagradas, consagradas dedicadas ao poder civil feminil feminista; vem propagar ruídos modernos sinceros com suas vozes para abafar brados algozes, vem aplacar a ferro e fogo e força os seculares rugidos rangidos de aparências viris varonis, falas falhas, falos flácidos; vem, rapaz-menino brocoió, vem virar moça-menina, Diadorina, esta que vai amar ser amada por todas elas, as cinco, de fato, pelo tato, bacanal intelectual — sexo léxico. Vem possibilitar adeus definitivo aos mandões de falidos colhões, transgredir destruir tradições, destronar reinados arruinados — deletérios impérios. Vem, rapaz-menino sambanga, vem virar Diadorina para se juntar às outras meninas, as divinas, Annas Hannahs, outras mais magistrais; vem, aqui nestas pragmáticas páginas deste livro-libelo tudo é feminino feminista, socialista espiritualista — do prólogo ao epílogo, fio pavio, todas comandando este navio, este vapor do amor do ardor da contemplação da revolução — sexteto navegante triunfante. Vem possibilitar criar a terceira e a quarta margem, aragens da austera severa brandura feminil feminista; vem viver momentos tantos, tântricos, semânticos, aqui nestas páginas tantas, muitas, múltiplas, mistas, místicas, feminísticas; vem virar sexteto soneto belo, bélico, seis trovas guerreiras guerrilheiras. Oi, senhor João Guimarães, narradora não esperava tão súbita surpreendente visita, sim, senhor, entendo, plágio exige ágio, a-hã, isso mesmo, vizinhança coscuvilheira tem razão, estou narrando simulacro burlesco diadorinesco, retrilhando suas pegadas, sim, estamos nos apoderando de sua linguagem única, hã, sei, o senhor sempre desgostou de criaturas que com pouco se contentam, sim, o senhor pela sua experiência, sertaneja, acha desconfia que esse tal rapaz-menino bocó quasezinho amuado debaixo ali da mesa, merece, se tanto, fazer tal qual aquele longínquo Gregor Samsa, que, quando certa manhã acordou de sonhos intranquilos... sim, senhor, já lemos-relemos aquele brilhante inquietante autor tcheco, a-hã, sei, o senhor costuma dizer que: quem elegeu a busca não pode negar a travessia, sim, motivo pelo qual o senhor João Guimarães Rosa vai reconsiderar e deixar o dito pelo não dito, sim, senhor, podemos continuar inventando neste gosto, de especular ideia, ufa, obrigado, senhor Guima, se me permite tamanha intimidade, sim, senhor, adeus, ufa, narradora perdeu o fôlego, esperava jeito nenhum chegada súbita surpreendente deste escritor genial magistral, a-hã, bocó-brocoió não sabe quem é, ixe, rapaz-menino iletrado...

Bocó-brocoió, distraído, sambanga, não prestou atenção, não ouviu o senhor Guimarães Rosa dizer para você, antes de voltar para Cordisburgo, que as coisas mudam no devagar depressa. Vem mudar virar mulher instruída sabida, feito elas, as cinco, agora esperando Diadorina nas entrelinhas; vem praticar erudição revolução; ser a outra, a fêmea absoluta, a mulher resoluta; vem você, Diadorino, ser ela, Diadorina, a plausível, a incrível, esta que vai se revelar se rebelar mulher-sexteto, soneto belo, beligerante, socializante; vem possibilitar a extinção das submissões de todos os ancestrais fulanos de tais, extinguir senhores manipuladores, tantos tontos estupradores da liberdade feminil feminista. Narradora poderia tentar trazer para cá outra Simone, a de Beauvoir, esta que explicaria que se Diadorina entrasse nestas pragmáticas páginas não nasceria mulher: ninguém nasce mulher: torna-se mulher; entanto, narradora desiste ad introitum: Simone, arredia, agora sai de casa apenas para ler escrever numa mesa do Café de Flore, Paris. De modo que sexteto permanece intacto — assim que rapaz-menino entrar e virar moça-menina; vem, aqui não tem arapuca de tutumumbuca mequetrefe, não tem blefe, nada falso, vil: água pura no cantil; vem ouvir vez em quando Billie cantando contando sobre aquela estranha amarga colheita daquelas frutas estranhas das árvores do Sul; vem possibilitar a regência de todos os gestos todos os manifestos feminis feministas; vem ser mulher-síntese do embate do debate, ser a fêmea, todas-as-fêmeas, sexteto contexto da altercação, da conflagração contestatória emancipatória; vem ensejar êxitos, colher êxtases, instituir o prosseguir, abolir fronteiras, barreiras, esbravejar, soltar a voz, proclamar a vez, a hora, agora, a luta da mulher absoluta; vem, bocó-brocoió, sai de baixo desta mesa aí onde você fica acocorado acuado feito bicho do mato; vem viver Diadorina, a bondosa, a raivosa, a candente, a estridente, as muitas múltiplas tanto quanto as outras cinco, sexteto cêntuplo — poderes benditos infinitos; vem Diadorino ser Diadorina nestas pragmáticas páginas cordelistas ativistas; vem ser mulher com sangue nas veias, fêmeas a mancheias, gritar esbravejar lutar — batalhas liristas feministas, amor furor, tudo junto, todas juntas, sexteto inserido no contexto feminino feminista, socialista espiritualista; vem viver resplandecer nesta atmosfera clara, lúdica, lúcida, vigorosa poderosa destas páginas pragmáticas, enfáticas, deste livro sintético, fático, sintático; aqui as águas não são turvas, os caminhos não são opacos, nada estreito tudo atreito, habituado acostumado a respirar o ar salutar atento de nosso arejado alentado pensamento; aqui você crê em si própria, ares próprios propícios aos indícios liberantes liberalizantes; vem desaparelhar apatias, guarnecer intenções, acolher realizações, elevar sentimento a todo momento, exercer altivez — eis sua vez, vem fazer o que quiser, e que venha o que vier, chegou sua vez mulher-altivez; aqui não há picueta picuinha, erva daninha, esta planta que cresce aparece no chão, vão, do machão, este ramerrame infame; aqui todo significado é sublime, todo afago restruge afeto, todo vento inventa voos, toda palavra é tijolo maciço compromisso para sua morada; aqui toda contradição é suportável; a liberdade não é vista de relance, é plausível, visível, tangível; somos os nossos próprios versos, nosso próprio poema, somos mulher, esta que amolda o impossível, pratica trovas novas, vanguardistas feministas; a luz que nos ilumina vem da clareza da luminosidade do feminismo; aqui declínio não é substantivo masculino, tampouco feminino: é machista, este que caminha para o seu ocaso, que se inclina para a ruína, é sua própria ave de rapina; aqui nada existe sob um ponto de vista experimental provisório: nossos sentidos já transcenderam o experimento; aqui não há indução, torpor, sonolência, nada é exótico, hipnótico: não há sonos artificiais outros que tais — tudo é vigília, vigilância, precaução contra qualquer ação farsista misoginista; não se perde tempo decifrando enigmas, tudo já foi alumiado iluminado, às escâncaras, a descoberto, aberto, sem véu de Maia, veja, logo no átrio deste livro-cordel, painel engajado acomodado nos oito lados iguais octogonais; aqui não há influência seletiva, tudo flui influi, natural original, sem objetivos nada excludentes, inflexível, tudo diverso divergente, frente a frente, combates embates debates enfáticos democráticos — sendas da igualdade, da diversidade, sem falsas ambrosias, ilusórias utopias, tudo real factual; flechas diferentes para o mesmo alvo, o mesmo foco, o mesmo bloco da hipocrisia: misoginia; aqui quando se fala em liberdade não se perde a rigorosa simetria deste substantivo feminino inserido no contexto da independência legítima, emancipação absoluta — simbiose: bonomia-autonomia; aqui toda reivindicação é refinada, subordinada às diversidades, às liberdades cabais, integrais; aqui nenhum voo é solitário: pratica-se revoada — profusões conformes passeriformes; aqui o feminismo é verdade que traz consigo força e sedução; não há abismo entre saber e querer e poder; não há influências tirânicas, messiânicas, tudo prático pragmático, igualitário humanitário; aqui até a música é mais profunda, mais pujante: todas elas sabem, eu também sei: é Billie Holiday; já a sonoridade do verbo está nas vozes encantadas afinadas de Anna e Hannah e as outras mais que tais magistrais — tudo hegemônico, sincrônico; dissonância, sim, diante da ignorância vil varonil machista totalitarista — casta interina, homens de rapina; aqui há ousadia e contemporização, juntos, baluartes dos contrastes; não há castas dominantes, súditos humilhantes, tudo tal qual igual, até nas diversidades — contradições gregárias necessárias; aqui vontade de poder querer e ser igual — suporta-se o fardo da existência rechaçando desistência. E aqui estou eu deitada, quieta, sozinha, enrolada nos véus negros das trevas, do tédio, da falta de liberdade, do inverno — e, apesar disso, meu coração bate com uma alegria interior desconhecida, incompreensível, como se debaixo de um sol radiante estivesse atravessando um prado em flor; no escuro sorrio à vida — dirá Rosa Luxemburgo, páginas tantas, rememorando momentos horrorosos tenebrosos em que esteve presa; sim, dirá assim que você Diadorino virar Diadorina neste livro-cordel, sem tom pastel; aqui não há expectativas isoladas, estioladas, tudo muito vivo, vigoroso, junto, em conjunto, comunitário igualitário — cristalização viva vívida dos alentos atentos dos pertencimentos; aqui não procuramos a pedra filosofal, coisa e tal, nosso ouro não é de alquimista, é luta pedra bruta feminista, este algo transfigurador, esplendente surpreendente — suave e acre e agre, concomitante, constante — opostos expostos, sem manobras, sem pretextos, sem fanatismo moral e coisa e tal; sutileza convincente conveniente dos contrários; aqui a razão é o chão, é o solo dos nossos instintos — sem precipitar hipóteses, sem saber que somos muitas diversas, muitas vezes divergentes, temperadas com sais diferentes, entanto, o mesmo canto de fraternidade, de liberdade, o mesmo brado de combate contra os machistas totalitaristas com suas dobras e esconderijos amorais que tais; não somos estrangeiras na terra prometida: somos conterrâneas contemporâneas da liberdade abrangente, inteira, sem fronteira; aqui não há alegorias, fantasias delirantes triunfantes, tudo é pensado articulado ao sabor do saber combater, da luta justa, longa, das muitas léguas sem tréguas; aqui não somos seres estranhos, animais de rebanho, não somos massas manipuláveis, sabemos que só podemos mostrar quem somos aos outros indivíduos por meio do discurso e da ação, dirá páginas tantas, Anna ou Hannah, dentro deste livro-cordel, sem tom pastel, assim que Diadorino virar Diadorina; aqui nenhuma mulher torna-se difícil para si própria; vem amar agitar o mar, se exaltar, obscurecer estremecer esse oceano de enganos vis varonis machistas totalitaristas; aqui não se pratica paciência, urgência é nossa sina, destino divino, sem demora: a recompensa é agora; vem rapaz-menino, não seja longínquo de si próprio, aproxime-se de si mesma virando Diadorina, a próxima a própria mulher bela, bélica esotérica; aqui há consciência na crença, na cadência, no ritmo, neste istmo que une o feminismo ao humanismo. Ah, sim, moço inominado, susto, você chegou assim abrupto, ixe, narradora surpreendeu-se, sim, entendi, procurando seu pai, a-hã, dizem desconfiam que ele está num rio lá longe, na terceira margem, aquela que possivelmente fica para lá do mistério da morte, sim, máximo que posso dizer, sei mais nada não, disponha, adeus…

Viu, bocó-brocoió, você percebeu as contradições da vida? Um se escondendo do pai e o outro pai se escondendo do filho, executando invenção de se permanecer naqueles espaços misteriosos do rio. Vem, sambanga, vem virar Diadorina entrando nesta outra margem, esta, de aragem gramatical lexical; vem possibilitar a partida do último comboio da intolerância, este, que vai entrar de vez nas águas do Aqueronte; vem ser a sexta do sexteto libertador ruidor dos andaimes infames viris varonis. Vem desvelar ternura sem perder a compostura, o vigor, o rigor, se envolver nos laços dos abraços místicos feminísticos. Sai de baixo desta mesa, rapaz-menino sambanga, vem virar Diadorina para seguir a sina profana da Anna da Hannah e das outras mais que tais magistrais, todas, quando envolvidas em suas causas seus remos se tornam asas. Vem ser rainha absoluta de seu querer seu dizer seu fazer — fêmea soberana, absoluta, que luta e cativa e domina e seduz. Vem ser a sexta do sexteto de panteras fraternas, guerreiras sem eiras nem beiras, guerrilheiras da igualdade de identidade, da certeza da justeza feminina feminista — sexteto que sabe que a luta é grande, mas vai se mandar perseverante. Vem Diadorino virar Diadorina, a mulher, esta magia biológica, lógica, bela, bélica; vem rapaz-menino sambanga virar moça-menina para completar sexteto para embaralhar todos os sistemas de engrenagens desta máquina anárquica, opressora dominadora viril varonil; vem criar inventar nova sinonímia de macho: escracho. Ah, pensando agora em trazer Mary Wollstonecraft para cá: intelectual libertária, ativista das causas dos oprimidos, inglesa, agora em Londres, cujo nevoeiro neste instante, o tal The Great Smog, provoca severa poluição atmosférica, encobrindo a cidade, impedindo Mary de sair de lá para entrar cá nestas calorosas solares pragmáticas páginas — motivo pelo qual sexteto permanece, assim que Diadorina chegar entrar neste livro-libelo. Vem subtrair horizontes antes restritos aos brutamontes, destituir conceitos contraditórios, aranzéis de coronéis, possibilitar entonar vozes libertas, sentir a cada instante sentimento de pertencimento, ser, acontecer tempo todo, todas, sexteto magistral de marcha triunfal — nas praças, brados de todas as raças; vem possibilitar sucessivos sucessos, definitivas inabaláveis lutas triunfais feminis feministas; vem você rapaz-menino virar Diadorina, completar sexteto, este, a completude, a virtude que gira vertiginosa sobre si mesma; vem, abandone de vez esses dias escassos, ambíguos, vem comigo, entre neste livro-libelo, elo belo bélico entre você, Diadorina, e as outras tais e quais magistrais; aqui não há intuição estético-psicológica, tudo analisado sob a ótica da luta bruta, sem rodeios, sem outros meios, pouco psicanalítico, muito feminístico — expressão própria, nova, única, ajustada a uma conjunção de ação humanista; vem desconsiderar esse balbucio desconexo, reflexo da idiotice, da estultice machista totalitarista; aqui nossa luta é ativa, eruptiva, feminista polemista — debates sem tatibitates; você não será joguete das forças provisórias ainda impiedosas do execrável abominável machismo: juntas seremos muitas, poderosas harmoniosas; vem se juntar reforçar esse precioso bem da civilização: humanismo, codinome feminismo; aqui não há perplexidade, desamparo, despreparos e bonomias, fantasias, delírios, devaneios, sonhos alheios — somos nosso próprio acontecimento, nosso próprio pertencimento dentro da jurisdição da razão, da emoção — simbiose apropriada adequada; aqui não há intuição, introspecção: não pressentimos, mas sentimos, ousamos: combater a misoginia não é conflito ilusório, é embate civilizatório — machismo é substância tóxica, seres intolerantes intoxicantes; sai desse casulo menino nulo, sai desse isolamento voluntário, contrário aos preceitos feministas, estes, comunitários, gregários, solidários; vem virar Diadorina, a espontânea consentânea ao acontecimento feminino feminista, socialista espiritualista; aqui cada página será adequada ajustada a sua chegada; vem ajudar a fazer a escrever este libelo, elo entre você e Anna e Hannah e as outras mais magistrais; vem possibilitar embates eternos, ternos, severos; combates frenéticos sem perder o jeito ético, o preceito poético — contendas cantadas ritmadas rimadas, cordel sem tom pastel, cores vigorosas femininas feministas, socialistas espiritualistas; vem, rapaz-menino sambanga, sai de baixo desta mesa, espaço no qual você fica acocorado acuado feito bicho do mato; vem virar Diadorina, agora, sem demora, antes que ela, Anna, amada, sua possível namorada, insinue: Se vieres bater à minha porta, é bem possível que eu sequer te ouça. Huummm. Vem, entre nestas páginas plenas, atulhadas de emancipações; vem possibilitar tantas raivas santas, tantas revoltas sagradas, tantos embates místicos — revolução espiritualista feminista socialista; promover orgias intelectuais espirituais, revoltas fêmeas, sem reprimir sensualidade, provocando rupturas sem perder ternuras; vem rapaz-menino virar moça-menina para viver fora do cercado do quadrado da opressão masculina; vem, aqui dentro destas pragmáticas páginas, sexteto não poupa afetos femininos, não afaga desafetos masculinos — as relações entre os sexos se constituem por desigualdades, diria Beauvoir, páginas tantas, se pudesse estar aqui num fevereiro sem nevoeiro. Vem, rapaz-menino Diadorino virar Diadorina para completar sexteto circunscrito ao justo, nada além, aquém do digno, do íntegro, do justiceiro — aqui utopias se materializam; nunca nenhuma mulher vai suportar humilhação com estoicismo — cinismo. Vem dar sentido, substanciar todas as coisas da vida fêmea; acumular avigorar todas as rimas das autoestimas, fortalecer as aliterações das revoluções, escrever com letras maiúsculas, caixa-alta: ribalta; vem cantar canções agudas, insolentes, proclamar declamar poemas suntuosos insultuosos; vem compor sexteto para escrever panfleto feminino feminista, socialista espiritualista, para encher este mundo (por enquanto masculino) de outros movimentos, sem os erros e volteios da vida em sua lerdeza de sarrafaçar; vem bocó-

-brocoió virar Diadorina, a bela, bélica, que vai chegar brigar amar namorar a Anna, a Hannah, talvez, aqui neste livro-liberto sem fissuras sem censuras; vem, aqui você vai ouvir Simone, a Weil, dizer que é preciso descer até a fonte dos desejos para arrancar a energia de seu objeto; vem possibilitar driblar ventos contrários, prenunciadores de desditas ecológicas ontológicas; vem concluir projetos, éditos, manifestos prestos, explícitos, francos, frontais sem coisas e tais — viver estável esperando o comensurável; vem usufruir absoluta das ordens irresistíveis da vida fêmea, das multiplicidades feminis feministas, cada vez maiores, melhores, justas, apropriadas, adequadas; vem ofuscar o ribombar, mesmo brando, das velhas velas desse marco, parco, de convés revés, navegando naufragando nas águas de aparência viril varonil — riacho-sicrano-fulano sem tutano, machos naufragando implorando a chegada do sexteto triunfante cooperante: seis guerreiras guerrilheiras, resgatando jogando no convés pobres-diabos crusoés — heroínas sibilinas, femininas feministas; vem, bocó-brocoió, vem virar Diadorina para integrar formar sexteto, em traços às vezes brutos, às vezes brandos; atitudes às vezes malévolas, às vezes benévolas — é preciso procurar em que sentido o contrário é verdadeiro, dirá Simone Weil, páginas tantas, assim que sair das entrelinhas para entrar de vez, intensa, lúdica, lúcida neste livro-libelo, cordel pechisbeque, sem formosuras, carente de litogravuras, mas fausto, farto de reivindicações asserções femininas feministas, socialistas espiritualistas; vem, bocó-brocoió, sai de baixo desta mesa, espaço exíguo, dentro do qual você fica acocorado acuado feito bicho do mato; vem, seu pai que não é seu pai, Joca Romeno Ramiro enviou menino mensageiro para avisar narradora que vai pernoitar em Sete Lagoas, sim, vem hoje não, mas você poderia vir, rir, viver conviver com elas, as cinco, todas carregando, cada uma em seu bornal atafulhado de vapores, fluidos, estes todos que chamejam liberdade, igualdade, espiritualidade — mulheres musas conclusas inclusas; vem aprender a conviver a amar Luxemburgo e Weil e Akhmátova e Arendt e Stein, todas, muitas múltiplas, divas vivas, ternas, eternas — seres signos do sublime, do encanto, da dignidade, da altivez: feministas humanistas; cinco mulheres sensuais, ásperas e suaves ao mesmo tempo — amantes deslumbrantes, beligerantes; vem bocó-brocoió, vem virar Diadorina para ultrapassar a soleira do aqui-podemos-tudo, para sentir este pulsar vibrante, vulcânico da vida plena-fêmea, para olhar escutar, aprender respirar o muito, o múltiplo gênero generoso-belicoso-mulher; vem possibilitar esse canto encantador transformador da liderança lírica, da brandura impondo preceitos da respeitabilidade; aqui não há púlpitos, não há súditos, não há soberanos — reinado equânime; aqui mais reflexão menos erudição; pensar, agir, divergir, acolher condescender — nunca desaprender o dom o tom libertário, acontecer, ao contrário dos misóginos fraudulentos mímicos dos acontecimentos; vem partilhar nestas pragmáticas páginas, você, Diadorina, mais as outras cinco, sexteto todo, vem partilhar compartilhar cada minúscula partícula do acontecimento triunfal feminino feminista. Aqui páginas todas, capítulos inteiros, prontos para receber vocês, tantas outras mais, para reprimir discursos vis varonis sem quaisquer finalidades próprias, palavras ocas, toscas, pandemônio verbal lexical; aqui os trigais nunca serão triviais: pães serão multiplicados para todas as mães; aqui páginas arejadas rechaçam calor abafado, opressivo, viril, varonil: janelas não se abrem para entrar o fedor pútrido viscoso do hálito atroz algoz tiranista machista — mesquinhos, trêfegos, trefos neles seus próprios caminhos; vem, bocó-brocoió, vem virar Diadorina, sim, deve ser custoso, mas tem de existir um jeito; vem viver a paz de um mundo laborioso, orgulhoso, solidário, igualitário; vem materializar consubstanciar se deliciar com as ambrosias das utopias fêmeas, socialistas, espiritualistas; vem possibilitar, impregnar páginas todas, livro inteiro, com o aroma do bioma ecológico ontológico feminil feminista; possibilitar júbilos, transformar bramidos senis varonis em murmúrios longínquos; vem Diadorino virar Diadorina, a bela, a bélica, a sexta do sexteto cálido ávido de justiça, esta que celebra enaltece licitudes, retitudes; vem possibilitar o clarão cintilante da presente perene liberdade fêmea. Ah, narradora está pensando em trazer Pandita Ramabai, ativista indiana, defensora dos direitos humanos, reformadora social, sim, você bocó-brocoió, iletrado, não conhece, tal qual coronéis, jagunçadas, soldadescas deste sertão rachão machão; sim, ela poderia chegar dizendo contando sobre o desespero das mulheres na Índia, das crianças prostituídas, mas pediu desculpas para esta narradora, explicando que anda ocupada demais traduzindo a Bíblia do grego e do hebraico para marata, dizendo ainda que impressão e encadernação também serão feitas por mulheres — motivo pelo qual sexteto permanece —, mas antes de se despedir, ela, Ramabai, disse que Diadorina deve acreditar que pode e que já está no meio do caminho; vem, bocó-brocoió, vem rechaçar regateios com a liberdade ampla, total, irrestrita: ativista não questiona, não negocia com o irreversível, entanto, sustem o grito bendito da palavra emancipação; vem, rapaz-menino sambanga, vem virar Diadorina, se juntar às outras felinas femininas feministas Rosa Luxemburgo e Simone Weil e Hannah Arendt e Anna Akhmátova e Edith Stein, todas, muitas, múltiplas, plenas, serenas, belas, bélicas — mulheres de luta absoluta, sem subterfúgios, evasões, evasivas; vem, rapaz-menino sambanga, arregaça as mangas, sai de baixo desta mesa, espaço dentro do qual você fica acocorado acuado feito bicho do mato rato de porão do sertão; vem virar Diadorina, em vez de caça, caçadora — você mais a Anna a Hannah e as outras Dianas; vem possibilitar valentias formosas, furiosas, restituir o poder feminino feminista, afrontar confrontar virilidades, puerilidades, antas tantas; vem extinguir trapos, farrapos, instituir farturas, promover loucuras tantas, santas — revolução mística feminística; vem abolir de vez esses movimentos senis de machistas farsistas, algozes atrozes — raciocínios inconsequentes, pueris varonis; vem Diadorino virar Diadorina para se juntar às outras cinco, todas, juntas, sem imoralidade, mas muita amorosidade, muitos dengos literais literários, femininos feministas, socialistas espiritualistas. Ah, sim, entendi: rapaz-menino brocoió viu ouviu vulto dela sua mãe dizendo que Medeiro Vaz, aquele homem sobre o sisudo, nos usos formado, que não gasta as palavras, é seu pai, legítimo? Ixe, hã, mulher danada arretada: nunca foi usada: usava, abusava deles, tutumumbucas todos, eh-eh...

Não quis falar comentar na hora, mas acho que rapaz-menino brocoió estava se debatendo nas trevas da demência, delirando, sim, sertão todo sabe que Coronel Medeiro Vaz, hã, frouxidão, reduzido à impotência, ixe, bocó-brocoió, hã, surtos de fantasia; vem virar Diadorina, possibilitar realidades, nuas-cruas; vem afrontar, confrontar, atacar de frente entes vis, varonis, extinguir degradações, humilhações feitas por estes êmulos dos filóginos, os misóginos; vem virar Diadorina, ser a sexta do sexteto, este que vai fazer você se elevar a si própria, sobre si própria, se emparelhando com as outras cinco, as divinas heroínas femininas feministas, socialistas espiritualistas. Vem, rapaz-menino sambanga, vem, aqui você pode conhecer viver abranger o feminismo em toda a sua amplitude, opinião elevada da razão sabendo que nossos preceitos, direitos, são inabaláveis, desinteressados — nada além da igualdade, da liberdade, da diversidade; aqui você sabe que o feminismo acha-se em consonância com o curso do desenvolvimento civilizatório, satisfatório à plenitude humanista; não nos acomodamos transformando a misoginia numa crueldade do destino, seria desatino: essa repulsa, essa aversão não é um fado, é um fato, deve ser retirado à força, a fortiori, a priori; aqui nenhuma ilusão é estéril, nenhum desejo é infértil, nenhum combate é inglorioso; trilhas femininas feministas não rodeiam o abismo do nada — tudo muito absolutamente mulher; nenhuma precisa ir àquela lua de Ariosto para recuperar suspiros das amantes dos amantes e os anseios insatisfeitos; vem virar Diadorina para entrar neste abrigo amigo, semântico, linguístico feminístico, léxico fêmea; vem, entre neste livro-cordel-em-prosa-e-verso, reverso do enfado — enfático, empático, sintático; vem, minha bela, se revela se rebela neste libelo; vem, rapaz-menino bocó-brocoió Diadorino, vem virar Diadorina para entrar neste livro-cordel, sem tom pastel, cores fortes, vivas feito você, elas, as outras cinco, sexteto inserido no contexto feminino feminista, socialista espiritualista. Vem possibilitar afagar o incomensurável, se libertar de vez da selvageria farsista machista, afastar esses tantos muitos múltiplos obstáculos com seus tentáculos machos másculos, abafar os estridentes ganidos dos insultos com seus intuitos facciosos desdenhosos; vem rapaz-menino virar Diadorina, moça-menina felina, irresistível, fascinante, possivelmente amante da Anna, da Hannah e todas as outras mais, geniais, que tais; vem inteira, astuta, mulher absoluta, vem entrar nas pragmáticas páginas deste livro-libelo, elo entre a emancipação e a fraternização; sai de baixo desta mesa, espaço dentro do qual rapaz-menino sambanga fica acocorado acuado feito bicho do mato, medroso, esperando suando chegada do pai que não é pai que ainda pernoita em Sete Lagoas, sim, Coronel Joca Romeno Ramiro, o outro, não aquele líder dos jagunços, magnânimo e distante, traído por Hermógenes; não, narradora está falando do Romeno Ramiro, Coronel sem patente, sem respeito, chefe comandante de coisa nenhuma, poucas pelejas, muitos medos, Coronel, hã, força de expressão, alcunha, onça que se pega pela unha, mesmo assim, rapaz-menino sambanga, ixe, medo danado dele; vem, bocó, vem ser mulher irresistível, fascinante, amante, guerreira guerrilheira tal qual a Rosa, igual às outras quatro com todas as suas pétalas, todos os seus espinhos, todos os pertencimentos e os enraivecimentos e os enternecimentos — sexteto inserido no contexto da emoção e da intimidação feminina feminista, socialista espiritualista: mulheres muitas, múltiplas, discordantes, insinuantes, se desvendando inteiras entre elas, as belas as bélicas Annas e Hannahs e as demais que tais, todas sensuais intelectuais originais magistrais; vem, bocó-brocoió, vem entrar nas pragmáticas páginas deste livro-cordel, sem tom pastel, cores fortes vivas semelhantes aos movimentos delas, as seis, as muitas Simones e Rosas e Annas e Ediths e Hannahs e outras tantas fulanas e sicranas tanto quanto ativas altivas; vem possibilitar vitórias, estas que vão se sobrepor umas às outras — caudal de êxitos, êxtases femininos feministas; vem Diadorino virar Diadorina, ainda hoje: amanhã não é consolo; vau do mundo é a coragem, venha já, sambanga, travessia fácil, zás-trás, pulou entrou neste universo magistral lexical; vem possibilitar sensações muitas, múltiplas, e, ao contrário dela, aquela de nome quase igual, tal e qual, você vai viver vários sentimentos de uma só vez, várias vezes, ao lado delas, aquelas outras cinco mulheres-meninas divinas; vem, bocó-brocoió Diadorino virar a bela bélica angélica Diadorina, mulher plural igual a Luxemburgo e a Weil e a Akhmátova e a Arendt e a Stein — todas, juntas, sexteto inserido no contexto da igualdade da diversidade da solidariedade; vem rapaz-menino sambanga, vem alhanar anular panaceias, tutameias, essa lenga-lenga viril varonil, retórica gongórica essas muitas múltiplas exóticas masculinidades tóxicas; vem possibilitar avanço sobre avanço rumo à afirmação absoluta num fervor transcendente; vem suscitar controvérsias, gritos jubilosos jamais sufocados pelos facciosos decadentes zonzos sonsos machistas farsistas; vem rapaz-menino bocó-brocoió Diadorino virar Diadorina: aqui nas pragmáticas páginas deste livro-cordel, fiel ao movimento fêmeo, frêmito; vem provocar tensões, tesões; você, as outras cinco, sexteto, inserido no contexto do furor do amor, da disputa e coisa e tal, de igual para igual — no final, vitória triunfal, conquista feminina feminista. Ixe, narradora ficou sabendo que rapaz-menino sambanga anda zombando dos feiticeiros do Calango-Frito, aie, cuidado, João Mangalô pode chegar de repente, zás-trás, fazer bocó-brocoió virar salsicha, linguiça e cousa e lousa; vem logo virar Diadorina: aqui ações rituais são divinas, em especial as empreendidas por elas, Weil e Stein — magas magnas; sai de baixo desta mesa, rapaz-menino quase feminino aí acocorado acuado feito bicho do mato; vem, aqui ação excitação se equilibram: mulheres elegantes luxuriantes, revoltosas voluptuosas; não há submissão, piedade comiseração com essa psicopatologia, codinome: misoginia; vem virar sexteto inserido no contexto da simbiose iconoclasmo-orgasmo. Oi, senhor João Mangalô, susto, narradora não esperava chegada súbita do faceiro feiticeiro, sim, bocó-brocoió vez em quando debocha, escarnece do pessoal do Calango--Frito, ixe, rapaz de fuça chochonha virou pamonha, uau, jogado no curral...

Viu? Feitiço quase virou contra o feiticeiro, sim, você bocó-brocoió, entanto, encanto só aqui nas mágicas páginas deste livro-cordel, sem tom pastel, cores ativas feito as ativistas Anna e Hannah e as três mais que tais geniais. Vem, rapaz-menino bocó, desnaturado, pamonha no sentido figurado, vem virar Diadorina para possibilitar tecer destecer, quando bem entender, vontades, se envolver nos fenômenos femininos feministas e batalhar protestar e arregimentar desejos e lampejos e apalpar o impossível e rasgar fronteiras e colher pertencimentos e se desprender de vez dos grilhões desses colhões fartos, nefastos, machistas racistas. Vem, rapaz-menino Diadorino virar Diadorina, a bela, a bélica, para se juntar às outras tais, iguais, para virar sexteto inserido no contexto da estável louvável causa feminina feminista, socialista espiritualista — lutar, e mais lutar, depois de ter lutado; vem, aqui todos os momentos são propícios aos exercícios da liberdade, este substancioso substantivo feminino — aqui a essência é igualmente fêmea; vem lavrar colher o igual, o essencial, a providencial autonomia ampla, total, irrestrita; sai de baixo desta mesa, espaço dentro do qual você menino bocó fica acocorado acuado feito bicho do mato; vem antes que Coronel que não é Coronel de ninguém, que não é seu pai também, vem, antes que ele apareça, esmurre sua cabeça por causa da tal parecência com ela, sim, aquela do corpo em brasas que deixava todo homem debaixo de suas asas. Ah, pensando em trazer outra Anna, a Julia Cooper, ativista da libertação negra, sim, bocó aí não conhece, iletrado, mas ela, se entrasse aqui diria ad introitum que a vida antiga, subjetiva, estagnada, indolente e miserável para a mulher se foi, e que uma raça não pode ser purificada de fora — entanto, ela ficará de fora deste livro-libelo, sim, Anna Julia Cooper se justificou para narradora dizendo estar muito ocupada escrevendo longo ensaio sobre Ensino Superior das Mulheres Negras, pretendendo, logo em seguida, participar da Primeira Conferência Pan-Africana, em Londres —

motivo pelo qual sexteto continua sexteto, ainda inserido no contexto da igualdade plena feminina feminista, socialista espiritualista. Ah, esqueci de comentar com rapaz-menino bocó-brocoió que ontem o jagunço Damázio Siqueira perguntou para esta narradora o significado da palavra famigerado, sim, dizendo que você havia dito semana passada que ele, o malvado Siqueira, é um famigerado, ixe, enfeitei dizendo que famigerado quer dizer conspícuo e ilustre e ínclito e digno de muita fama, cercado de respeito e admiração e pundonor e cousa e lousa, hã, ocultei camuflei as outras alternativas, como, por exemplo, tristemente afamado, eh-eh, para salvar livrar bocó-brocoió de levar safanão do jagunção; agora vem sem demora virar Diadorina aqui nestas lógicas etimológicas páginas, vem, sambanga, vem completar sexteto para se fundir ao aroma ao som da liberdade plena, erguendo-se à altura do esplendor libertador feminino feminista, esta chama que nunca será oblíqua, conspícua, sim, emancipação visível e atraente resplandecente; vem rapaz-menino sambanga virar Diadorina para virar tudo do avesso, você, as cinco, sexteto inserido no contexto da sublevação, do motim enfim triunfante — desobediência civil femínil feminista; sai de baixo desta mesa, espaço dentro do qual bocó-brocoió fica acocorado acuado feito bicho do mato; vem virar Diadorina moça-menina bela bélica ganhando réplicas e tréplicas tal qual as outras cinco mais, que tais — sexteto inserido no contexto triunfal feminal; vem antes da chegada do Coronel Joca Romeno Ramiro para dar outra surra em você por causa da sua parecência com ela, hã, você sabe, sua mãe, eh-eh, deixava qualquer José, Josué, Coroné sob seus pés; vem possibilitar proporcionar o desmantelo do castelo da macheza crueza; sai de baixo desta mesa, espaço dentro do qual rapaz-menino bocó fica acocorado acuado feito bicho do mato; vem virar Diadorina para se juntar às outras felinas, as cinco, sexteto inserido no contexto da lucidez, misturando impulsividade com comedimento — radicalismo pertinente conveniente: o correr da vida embrulha tudo, sossega e depois desinquieta; vem virar Diadorina para aprender com elas, as outras cinco, as muitas, múltiplas Annas, Hannahs e demais que tais, que todas devem lutar por um mundo onde todos sejam socialmente iguais, humanamente diferentes e totalmente livres; vem possibilitar ações orgulhosas, desprendidas; capturar lonjuras, chegando até o extremo do pertencimento amplo e total e irrestrito distrito fêmeo preponderante triunfante. Ixe, narradora esquecendo de dizer para rapaz-menino bocó que encontrei hoje cedo lá no pasto o boi Rodapião, filósofo, este que sabe pensar sobre a existência, eh-eh, dito-cujo bicho falador sabedor pediu para narradora dizer pro sambanga aí virar Diadorina, menina felina e que ela será sempre sol, jamais neblina; vem, aqui mulher acontece, homem padece; vem entrar nas páginas protetoras vingadoras, sim, deste livro-cordel, sem tom pastel, cores fortes feito elas, as Annas, as Hannahs, as demais tais e quais. Ah, havia pensado em trazer, quem sabe, lá do mundo árabe, Doria Shafik, entanto, ela se desculpou dizendo para narradora que está ocupada demais criando fundando o partido político União das Filhas do Nilo, eh-eh, para estimular a alfabetização e os direitos políticos das mulheres — motivo pelo qual aqui nestas pragmáticas páginas sexteto permanece, assim que você rapaz-menino virar moça-menina para arrancar esse brado de luta das suas entranhas, ainda estranhas, causando estranheza aí debaixo da mesa; aqui, assim que você nascer-viver mulher, novas possibilidades nascerão com você, esta que junta com as outras, as cinco, vai vivificar desejos ancestrais de liberdade feminina feminista antirracista — antepassado vingado; vem, não fica aí debaixo desta mesa titubeando entre o silêncio e a palavra, lavra o vocábulo mutação, se modificando virando mulher aqui nas páginas fêmeas deste livro-libelo, elo entre o belo e o bélico; vem possibilitar, acordar rebanhos antanhos adormecidos, aclarar indecisões iluminando os amanhãs de certezas, justezas femininas feministas, socialistas espiritualistas; sai de baixo desta mesa, rapaz-menino bocó, entre nas páginas pragmáticas deste livro-cordel, sem tom pastel, cores vibrantes tal qual as atuantes Annas e Hannahs e as outras mais que tais; vem antes que Coronel que não é Coronel coisa nenhuma, pai que não é seu pai jeito nenhum, chegue para surrar sambanga aí por causa da parecência, bem, rapaz aperreado sabe de cor e salteado; vem, monótono demais ver rapaz-menino debaixo desta mesa, espaço dentro do qual fica acocorado acuado feito bicho do mato; vem virar Diadorina para não deixar desvanecer na memória pressões opressões pretéritas deméritas de perfil varonil; vem, sai de baixo deste espaço sombrio, vem alçar-se à luz nestas luminosas vertiginosas páginas, vem capturar consolidar o poema épico do diverso, da diversidade, da igualdade plena, fêmea; vem possibilitar entrar nas entranhas do combate para permitir explícitas conquistas femininas feministas; vem possibilitar juntar todas as mulheres de toda natureza, sobrando nobreza, destreza para enfrentar altivas esse clã, chã, rasteiro sorrateiro vil varonil; vem purificar ideias, criar vantagem tecendo nova linhagem, genealogia da frondosa poderosa árvore genealógica feminina feminista, socialista espiritualista; sai de baixo desta mesa, rapaz-menino bocó-brocoió, vem virar Diadorina para possibilitar esparramar virtudes e temores e ramificar encantos e espantos e suscitar angariar êxitos e êxtases e paixões e revoluções e fartos afagos; vem virar a bela, a bélica moça-menina que vai compor sexteto inserido no contexto das inexoráveis, inabaláveis forças plenas, fêmeas; vem, aqui não é refúgio provisório, é oratório para orar venerar diante da imagem sagrada da Liberdade, esta santa protetora das independentes, das autossuficientes; vem, aqui Diadorina também pode ser veemente, insolente, pode ser o que quiser, gênero mulher nobreza de toda natureza; vem bocó-brocoió antes que Coronel Joca Romeno Ramiro chegue para surrar sambanga aí por causa de sua parecência, sim, você já sabe, ixe, entre agora sem demora nas páginas pragmáticas nada-nada enigmáticas deste livro amuralhado amurelhado, fortaleza dentro da qual Coronelão machão entra não: iletrado. Ah, convidei Clara Zetkin, feminista sufragista alemã, esta que clama sobretudo pela necessidade de espaços políticos pensados por e para mulheres — ela confessou para narradora que é tímida, sem espalhafato, só quer de fato aparecer na última página deste livro-libelo — motivo pelo qual sexteto permanece por enquanto, assim que Diadorina entrar aqui para conversar, namorar talvez, com Anna ou Hannah ou com as outras três mais que tais magistrais. Ah, antes de se despedir, Zetkin disse para narradora que, quando os homens matarem, cabe a nós mulheres lutar pela preservação da vida. Vem você também preservar sua vida entrando neste território lexical humanista feminista; vem virar Diadorina para se juntar às outras cinco, virar sexteto inserido no contexto da sensatez, da altivez fêmea; vem ultrapassar barreira, ser guerreira, guerrilheira, ser razão e compaixão e explosão — mulher múltipla, simbiose rebelião-confraternização; vem rapaz-menino bocó, sai de baixo desta mesa, espaço sombrio dentro do qual você fica acocorado acuado feito bicho do mato; vem virar mulher, fazer o que quiser, e se puder amar namorar Anna e Hannah e as outras mais tais que tais geniais: quando é destino dado, maior que o miúdo, a gente ama inteiriço fatal; aqui nas pragmáticas páginas deste livro--cordel, sem tom pastel; entanto, não há imposições amargas pesadas: tudo muito consensual, debatido, discutido — igualitarismo, liberdade de expressão, ativismo sem autoritarismo; aqui não há finalidades egoístas, não há arremedo de solidariedade, não há medo de arbitrariedades vis varonis, há, sim, som sibilino dos sinos das catedrais, dos santuários corolários consistentes decorrentes da luta feminina feminista, socialista espiritualista; aqui a palavra não é uma faca sem lâminas, da qual tirou o cabo; aqui tudo é muito, não é ninharia nenhuma, tutameia; vem bocó-brocoió virar mulher, de fato, sem dubiedade, eita, narradora não sabe até hoje se aquele tal onceiro Tonico virou ou não virou onça, ixe, desconfio que nem o tio Iauaretê dele sabe, hã, sambanga aí desconhece: é iletrado; vem virar mulher felina, de verdade, fato verdadeiro, esquece o Tonico onceiro, vem virar Diadorina, a fêmea felídea, por assim dizer, no sentido figurado extremado; vem elevar-se ao conhecimento da liberdade plena, com elas, todas as outras cinco, mulheres magistrais, que vão também explicar toda a ciência sagrada alada do feminismo e suas justificativas racionais, seus ideais e todos os aspectos relevantes desta causa triunfante; e páginas tantas Weil ou Stein, uma delas, vai brincar, parodiar Tomás de Aquino dizendo que é conhecido por si que o feminismo existe, pois quem nega que o feminismo existe concede que ele existe; vão dizer ainda numa página qualquer deste livro-libelo que o movimento cresce de tal maneira que é difícil agora sentir sua real força, medir seu verdadeiro alcance; e que ele, o feminismo, é um renovar-se infinito, é o rio mutante de Heráclito, mas sem perder sua dignidade singular; vão dizer também outras tantas coisas, sim, dirão solidárias, que há outras causas iguais — essência e dignidade una; dirão que, ao contrário do que dizia Joyce, a história, a nossa história feminista não é um pesadelo, menos ainda um sonho quixotesco, é real, essencial fundamental; e que a pedra angular do movimento é o princípio da igualdade, e quem alcança esta essência alcança o feminismo em toda a sua plenitude, e que ela, a igualdade é algo do qual não se pode conceber nada melhor e que devemos entender que o feminismo é mais íntimo à igualdade que a própria igualdade e que esta não é uma suposição, ilusão, tem toda a lógica das realidades possíveis, e vão dizer ainda que tudo o que é composto depende do conjunto de suas partes; logo, maioria das mulheres deve participar para que haja o composto exposto feminista e vão dizer que a identificação entre a mulher e a igualdade é um bem comum ao humanismo, à essência do equilíbrio sociológico-ontológico, e que apesar de o som da palavra causar suspeita masculina, é um substantivo feminino, motivo pelo qual é preciso lançar mão de um discurso para explicar toda a nossa liturgia libertária — homilia feminista, este movimento predestinado a triunfar: lutou triunfou; vem rapaz-menino virar Diadorina para ouvir doutrinas divinas de Simone Weil e Edith Stein e as demais que tais magistrais; vem, aqui você vai saber que todos os pensamentos feministas serão pensados conjuntamente, mentes privilegiadas, diversificadas; vai saber que um dos seus princípios profícuos é afastar de sua frente o propenso pretenso comando machista egoísta alienista; vai saber ainda que a essência do feminismo é o humanismo, mas, antes de tudo, que todas as nossas determinações individuais pertencem à noção de sermos mulheres, muitas, múltiplas, diversificadas — essência e resistência, e todo seu alcance feminil estende-se até a liberdade plena; vai saber que o existir da mulher nunca será distinto da existência feminista — essência de uma e outra é o ato de existir de ambas; vem rapaz-menino Diadorino virar Diadorina: aqui dentro das pragmáticas páginas deste livro-cordel, sem tom pastel; vem criar discurso rítmico, refrão sedutor inspirador: liberdade rima com diversidade; vem ouvir sentir criar novas cores aos próprios procedimentos, aos pensamentos, matizar o verbo: movimento histórico antológico pictórico; vem sentir a cadência a pertinência da igualdade, da fraternidade — sintaxe variada policromada; vem seguir os passos, entrar no compasso do humanismo, codinome: feminismo; vem conceber paixões, tecer sublevações; vem virar Diadorina para entrar neste livro-cordel, sem tom pastel, cores vibrantes estonteantes tal qual a Anna a Hannah e as outras mais que tais magistrais — cantos encantatórios do acontecimento do pertencimento; vem, Rosa e Edith e Simone e Anna e Hanna já estão nas entrelinhas, vizinhas do verbo e do predicado do enunciado feminino feminista, socialista espiritualista — coração cresce de todo lado; aqui não há problemas dialéticos para os quais não há solução demonstrativa — nada descorado, acrônico: retórica pictórica. Narradora, ela mesma, gostaria de dizer algo, pela primeira vez, com permissão do invisível plagiador, este que retrilha claudicante imitante as pegadas roseanas, que o feminismo pode tudo, até, talvez, descontando o descomedimento humorista feminista, ultrapassar o infinito. Sai menino bocó de baixo desta mesa, espaço dentro do qual você fica acocorado acuado feito bicho do mato; vem, você não devia de estar com inquietação, vem, não olhe nem veja obstáculo, volte para a sua ocupação, sim, virar Diadorina, eh-eh, a vida é um vago variado, vem alterar modificar o gênero sendo fêmea, mulher, feminina feminista; vem, minha bela, se revela se rebela neste libelo; vem rapaz-menino virar moça-menina antes que Coronel Romeno Ramiro chegue para dar outra surra, sem merência, por causa da parecência, bom, você sabe bocó abobalhado de cor e salteado; sai de baixo desta mesa aí, recluso feito Cara de Bronze, este fazendeiro rico demais que vive fechado trancado em sua propriedade porque pensa que assassinou o próprio pai...

Narradora esqueceu de perguntar ali na página anterior: bocó-brocoió já pensou em matar seu pai que não é pai, sim, o Coronel que não é Coronel, Joca Romeno Ramiro, hem? Hã, me contrariando com derresposta; precisa responder não, sambanga; vem, entra nas protetoras páginas deste livro amuralhado amulherengado; aqui você, Diadorina, fica sabendo que a mulher preexiste ao feminismo, entanto, hoje, ela não pode existir sem ele; e que a cada dia é preciso acrescentar uma nova revolução às revoluções precedentes e que o feminismo não se apoia sobre razões frágeis: legalidade e fraternidade e igualdade são pilares imperecíveis, imprescindíveis; vem, aqui você, Diadorina, vai conhecer a pluralidade fêmea, potência feminina feminista, socialista espiritualista mesclada à diversidade — perfeições desiguais; vai saber que o machismo é uma realidade nociva negativa — motivo pelo qual é preciso saber também que a causa eficiente não pode atingir a forma a que se propõe, sem corromper, arrefecer outra forma, sim, não é preciso recorrer às representações de origem bíblica para saber sobre anjos e demônios; vem, bocó--brocoió, sai de baixo desta mesa, espaço dentro do qual você fica acocorado acuado feito bicho do mato; vem virar Diadorina para saber que o feminismo tem substância própria: traço de união entre o ideal e o fraterno e entre a ação e a devoção e entre a eficiência e a condescendência; vem saber que a engenhosidade natural do nosso movimento está no humanismo; vem rapaz-menino sambanga virar moça-menina Diadorina para se juntar às outras cinco, elas todas esferas celestes geniais magistrais; vem virar sexteto inserido no contexto da igualdade; vem menino virar menina nas pragmáticas páginas deste livro-cordel, sem tom pastel, cores fortes, suportes pictóricos para colorir exprimir com cores vivas as ativas ativistas femininas feministas, socialistas espiritualistas Anna e Hannah e as outras três mais que tais geniais. Vem encontrar seu lugar natural neste mural magistral; vem lutar e repousar e amar e namorar aqui dentro destas páginas belas, bélicas e éticas e poéticas — cordel fiel a esta tribo do gênero fêmeo feito afeito às lutas absolutas; vem saber que o feminismo não apenas move: muda; vem causar, agir, existir; vem saber sentir que o atributo principal do feminismo não é o poder, é a legalidade e a igualdade e a fraternidade; vem rapaz-menino sambanga, sai de baixo desta mesa, espaço dentro do qual você fica acocorado acuado feito bicho do mato, pelando de medo do Coronel Joca Romeno Ramiro que vai chegar logo, logo para dar outra surra no bocó aí por causa da parecência, bom, menino brocoió estouvado já sabe de cor e salteado. Ah, pensei em trazer Angela Davis, entanto, narradora ficou sabendo agora há pouco que ela, esta que acredita que raça, classe e gênero são categorias que devem ser consideradas em conjunto, sim, narradora soube que ela não pode entrar nestas páginas plurais: está atafulhada de trabalhos acadêmicos como professora de Estudos Feministas e Estudos Afro-Americanos na Universidade da Califórnia — motivo pelo qual sexteto permanece, assim que Diadorina entrar neste livro-cordel, sem tom pastel. Hã, fiquei sabendo agora há pouco lá na praça que o jagunço Soropita vem vindo para prezar a valia de atirador atirando em você, ixe, dizem que agora, em vez de atirar no sino, dão-lalalão, sim, no seu coração, ixe, por causa que você uma vez se aconchegou com a mulher dele, a Doralda, mas quando ela era a Dada, a garanhã Sucena, aquela de mel nas mãos, dedos de tantos meigos; biscaia biraia lá na casa da Clema; ixe, menino ladino adulterino, hã, vem, entra logo aqui nas protetoras páginas deste livro abrigo amigo de perfil feminil; vem, jagunço nenhum entra aqui: iletrados; vem virar Diadorina para saber que a viga mestra do edifício feminista é a persistência, a luta incansável inabalável em benefício da igualdade e da dignidade e da fraternidade — ruptura sem perder a ternura: belo bélico; mulher atuante, jamais coadjuvante; vem saber que nosso movimento não se realizará jamais por inteiro, completo, se não houver ampla tolerância sobre a amplitude a diversidade as variações feminis — não será demasiado belo, demasiado eficaz, não seria possível exercer as funções da vida com dignidade feminina feminista, socialista espiritualista — alma-mulher em toda a sua plenitude; vem saber que a força motora fêmea é o encanto, entanto aliado atrelado ao direito de poder querer fazer o que bem entender — poder plural, sem esconjuras, sem censuras; é nesse sentido pleno que a alma-mulher conhece a verdadeira essência de seu corpo, sua mente; vem rapaz-menino Diadorino virar Diadorina nas pragmáticas páginas deste livro-cordel, sem tom pastel, cores fortes, poderosas feito elas Anna e Hannah e as outras mais que tais magistrais; vem ouvir olhar amar namorar quinteto para virar sexteto: bacanal triunfal intelectual; sai de baixo desta mesa, espaço dentro do qual sambanga fica acocorado acuado feito bicho do mato, esperando, mocho, Coronel chocho para dar outra surra em você por causa da sua parecência, hã, narradora ficando repetitiva; vem para saber que o feminismo, sendo uma substância poderosa, subsiste por si mesmo — indestrutível por definição; saber que o feminismo é o corpo da mulher; a mulher, a alma do feminismo; vem para saber também que o humanismo, em toda a sua inteireza, é o que faz o feminismo se manter na existência e afirmar-se mais completamente; vem bocó-brocoió Diadorino virar Diadorina: aqui Coronel Joca Romeno Ramiro não entra: iletrado; vem saber que Rosa e Simone e Edith e Anna e Hannah estão nas entrelinhas esperando você para virar sexteto inserido no contexto da essência feminina feminista, socialista espiritualista. Narradora estava agora há pouco refletindo pensando aqui enquanto o livro-Diadorina não comece, que ela, a santa Edith Stein, poderia dizer, com razão, sem profanação, que o feminismo é uma doutrina divina; vem rapaz-menino virar moça-menina aqui nas pragmáticas páginas deste livro-cordel, sem tom pastel, para saber que feminino e igualdade são duas partes de um mesmo todo — todas querendo também legalidade e fraternidade: é no humanismo que o feminismo ultrapassa em dignidade a ignomínia cujo nome é misoginia; vem Diadorino virar Diadorina para viver conviver com as outras cinco, as belas bélicas poéticas Luxemburgo e Arendt e Akhmátova e Weil e Stein, todas inseridas no supremo grau do sublime; vem, entre aqui nas pragmáticas páginas deste livro-libelo para saber que a razão, o sentido, o movimento e a vida de uma feminista é lutar com amor, fervor a favor da liberdade e da fraternidade e da igualdade — juntas seremos muitas, todas, múltiplas diversas, poderosas vitoriosas; vem menino Diadorino virar menina Diadorina; sai de baixo desta mesa, espaço dentro do qual você fica acocorado acuado feito bicho do mato, hã, deixe de ser rato, vem de fato ser fera, bela, bélica, sim, ferina felina para não ser nunca macho capacho do machismo, este símbolo vil varonil; vem, não fique aí vegetativo, inexpressivo, vem ser mulher absoluta, total, igual à Anna e à Hannah e às outras três mais que tais magistrais; vem acontecer, transcender, lutar para conquistar espaço, no braço, no laço, na raça para não ser caça, mas caçadora feito a Anna e a Hannah e as outras Diànas. Ixe, parece que Soropita vem vindo, sim, tropéis, hã, jagunço provocando furdunço, ixe, entra aqui nas protetoras páginas deste livro amuralhado amulherengado; vem, Soropita aqui não entra: iletrado; vem saber que o machismo é o grau mais baixo do gênero masculino: é quando ele se acomoda ao rés do chão, tal qual cobra-coral; vem ouvir Simone ou Edith, página qualquer, quando você vier, ouvir uma delas parodiando Agostinho, dizendo que o feminismo é indubitavelmente substância, ou se este nome lhe é mais convincente, essência. Aie, calma senhor Soropita, sim, ele mesmo, ali debaixo da mesa, narradora também soube, sim, senhor, huumm, menino bocó também deitou-copulou, calma, senhor jagunço, faz isso não, ixe, desta vez, em vez de atirar no sino, matou menino, tiro no coração, dão-lalalão...

Calma, bocó-brocoió, invenção para assustar você, bobalhão, narradora falou cochichou no ouvido dele, jagunço Soropita, dizendo que menino sambanga aí, eh-eh, castidade, virgindade, pudente pudico, imaculado, inviolado, sim, ele acreditou, narradora foi convincente, vem virar contente a incandescente Diadorina; vem saber que aqui você encontra nelas, as cinco, Anna e Hannah e as outras três mais iguais que tais magistrais, virtudes apropriadas a você; vai saber que dentro destas páginas fêmeas você descobre uma multiplicidade de mulheres divinas diversas, tantos intelectos privilegiados com hábitos e habilidades várias, entanto, humanismo uno, luta única, ideal igual, todas no mesmo plano da essência da potência feminina feminista, socialista espiritualista. Vem saber que o poder sensitivo do feminismo vem das brenhas das lenhas do humanismo; que a misoginia é desprovida de razão, cantão impotente, deprimente — é quando o conhecimento impróprio da alma humana segue os caminhos do irracional, contraria a clareza mental, é quando a dignidade masculina atinge seu grau mais baixo; vem rapaz-menino virar moça-menina Diadorina para completar sexteto inserido no contexto da liberdade plena; vem ouvir páginas tantas, capítulo mais adiante, Simone Weil ou Edith Stein, brincando parodiando salmista, cujo nome narradora esqueceu, dizendo: Feminismo, a luz do seu rosto está marcada sobre nós. Huummm. Vem Diadorino virar Diadorina para se juntar à Anna à Hannah e às outras três mais que tais magistrais. Aqui igualdade é a matéria sobre a qual a causa feminista se exerce; vem viver com Rosa e Simone e Edith e Anna e Hannah, todas seres sensíveis, inteligíveis, irrepreensíveis. Sai menino bocó-brocoió de baixo desta mesa, espaço dentro do qual você fica acocorado acuado feito bicho do mato, sujeito caricato, esperando ansioso medroso Coronel Joca Romeno Ramiro para surrar você outra vez por causa da parecência, bom, bocó amuado já sabe de cor e salteado. Vem virar Diadorina: aqui nas pragmáticas páginas deste livro-cordel, sem tom pastel, cores vivas ativas, feito elas, ali nas entrelinhas, esperando você para vocês, todas, serem a própria claridade, o fulgor, o resplendor deste liber-libri feminino feminista, socialista espiritualista: sexteto todo conhece seu caminho e está determinado a chegar ao seu destino: igualdade, absoluta, fraterna, eterna. Vem saber que feminismo é humanismo em estado puro, transcendental: belo, bélico; encantamento, enfurecimento; vem saber que o respeito à diversidade eleva o feminismo à sua ordem própria, aquilo que nos movimenta em busca de nossa missão de vida; que aqui você, Diadorina, chega ao conhecimento de si mesma conhecendo Anna e Hannah e as outras três mais que tais magistrais. Vem, entra nas pragmáticas páginas deste livro-libelo, elo entre o deslumbrante e inflamante, entre a brandura e a descompostura — a vida é assim: esquenta, esfria; sossega, depois desinquieta — arte dos contrários, tal qual os contrastes bruscos súbitos nas músicas de Beethoven; sim, amor e a raiva de fúria de repente se igualam, nos mesmos urros e urros, um e um, contras e contrários, diria aquele magistral autor escritor que esteve páginas atrás falando com a narradora, e que, a esta altura da narrativa, já chegou a Cordisburgo, talvez. Ah, hoje cedo pensei em trazer a poeta feminista Audre Lorde, ativista dos Direitos Civis, em acentuado relevo das mulheres negras e lésbicas, entanto ela agradeceu o convite léxico desta narradora, dizendo que está agora muito atarefada envolvida na fundação da Kitchen Table: Women of Color Press, a primeira editora dos Estados Unidos para mulheres negras; ah, antes de encerrar nossa conversa, ela, olhar distante, como se estivesse falando para o mundo inteiro, todos os gêneros, sussurrou: Seu silêncio não o protegerá. Huummm. Vem bocó-brocoió: sua mudez aí debaixo desta mesa também não vai proteger você, vem virar Diadorina para poder gritar esbravejar dentro das protetoras páginas deste libro-libelo-liberto. Ah, memória da narradora carecendo de reparos, sim, Audre Lorde, quando abria a porta para ir embora, disse, desta vez em alto e bom som: Diga a todos que você é descendente de escravos, e que sua mãe foi uma princesa na escuridão. Huummm. Vem menino sambanga Diadorino virar Diadorina para se juntar às outras cinco almas amálgamas do feminismo feminista, do socialismo espiritualista — mulheres que possibilitam a ação do sensível e do factível e do possível, mescla de enfurecimento com enternecimento; fêmeas fulgurantes e beligerantes e apaziguantes — arte do contraste: conveniente convincente. Vem Diadorino virar Diadorina para chegar ao conhecimento de si mesma se elevando até o conhecimento total universal do feminismo. Sai de baixo desta mesa, bocó-brocoió, espaço dentro do qual você fica acocorado acuado feito bicho do mato, retrato da inação, da hesitação; vem virar Diadorina para saber que mulher é gênero conhecimento-enfrentamento-encantamento — rimas internas discordantes contrastantes; vem, minha bela, se revela se rebela neste libelo; vem entrar nas pragmáticas páginas deste livro-cordel, sem tom pastel, cores poderosas, explosivas, símbolos de paixão e raiva: insígnia pictórica do feminismo; vem saber que nossa luminosidade, nossa resplandecência ofusca o lusco-fusco negativista antifeminista — seres coisa nenhuma, por isso mesmo desprovidos da consciência de que são nada. Ufa, narradora está perplexa, esperava jeito nenhum, chegada abrupta, altiva, sim, sei: estou diante de Diadorim, aliteração perfeita, eia, já chega suspirando de ódio, como se fosse por amor, ódio tão grande que não pode mais ter aumento: para sendo um ódio sossegado; sim, sei: estou diante de Diadorim, a única, legitimada, aclamada, olhos verdes, ensimesmada; agora percebo vejo de perto que você não dá de transparecer o que cisma profundo, nem o que presume, sim, motivo pelo qual é a neblina de Riobaldo, e que mesmo assim provocava nele um bem-querer que vinha dos sonhos das noites dele; sim, narradora sabe que está diante de Diadorim, bem de perto, e vê percebe porque o corpo de Riobaldo gostava do corpo de Diadorim, sempre esmarte, correta em seu proceder; esta que queria sangues fora de veias; esta que, mesmo escassa no sorrir, não negava o olhar a Riobaldo. Esta que... ah, sim, me empolguei falei demais, emoção, sim, senhora dona Diadorim, entendi, propondo entrar aqui durante algumas páginas, sim, a senhora acredita que aquele sambanga ali debaixo da mesa não tem colhão para virar mulher feito você virou homem lá naquelas páginas quase todas do magistral genial João Guimarães, a-hã, entendi: menino ali de estranhez em seus costumes, apenas resmunga: cavalo relinchando sem causa...

Ixe, chora não, bobalhão, invenção da narradora, sim, Diadorim morreu, desencantou num encanto tão terrível; foi enterrada separada dos outros, num aliso de vereda, adonde ninguém vai achar, nunca vai saber, ixe, rapaz-menino não está entendendo nada: iletrado — sambanga desprovido de consciência de que é um bocó-brocoió. Vem virar Diadorina para saber aqui dentro destas pragmáticas páginas que o feminismo e o humanismo são objeto sublime de seu conhecimento — transformação profunda fecunda: existir intencional designado pelo ideal: ideologia feminina feminista, socialista espiritualista, mesclados deliberados bem-aventurados; sai de baixo desta mesa, espaço dentro do qual você fica acocorado acuado feito bicho do mato, sim, medo de levar outra surra por causa da parecência, bom, bocó atordoado já sabe de cor e salteado; vem virar Diadorina, a bela, a bélica, a angélica para viver com Anna com Hannah e as outras três mais iguais que tais magistrais. Ah, você, Diadorina, vai ouvir páginas tantas, capítulo futuro qualquer, Anna Akhmátova sussurrando no seu ouvido, numa noite idílica, dizendo que você, Diadorina, moça-menina, ainda desconhece o amor; logo, é fraterna e benévola. Huummm. Vem saber também que a mulher em sua diversidade, quando procura a liberdade plena, forma em si o conceito de feminismo, este movimento consciente, refletido — sinonímia: faz sentido; vem Diadorino virar Diadorina para entrar nas pragmáticas páginas deste livro--cordel, sem tom pastel, cores vibrantes atuantes feito Rosa e Edith e Simone e Anna e Hannah; vem saber que o feminismo é autêntico porque é conforme ao existir da mulher — pragmático, axiomático. Ah, narradora pensou hoje cedo em trazer Virginia Woolf, entanto, conversando primeiro com Leonard, este achou melhor deixar para depois: ela está envolvida num projeto literário em que um tal Orlando acorda com um corpo feminino durante uma viagem à Turquia, entanto, imortal, sua trajetória atravessa mais de três séculos. Viu, bocó-brocoió, aqui você tem--terá a duração de noventa, cem páginas, se tanto, há, o que prescinde de qualquer determinação cronológica, dentro ou fora destas pragmáticas páginas, é o feminino feminista e o socialismo espiritualista; bom, sem a presença da monumental Woolf, sexteto permanece, assim que Diadorina entrar nestas mutantes delirantes páginas; vem saber que o feminismo se acerta sem eufemismo ao humanismo. Aie, narradora soube agora há pouco lá na praça que seu pai que não é seu pai, o Coronel sem patente, o impotente Joca Romeno Ramiro, foi morto numa emboscada, encruzilhada entre Sete Lagoas e Montes Claros, ixe, parece que foi um tal Diógenes, Hermógenes, narradora não entendeu direito, hã, uai, menino bocó--brocoió manifestou reação nenhuma, ixe, natureza da gente não cabe em nenhuma certeza... Eh-eh, invencionice da narradora, sambanga, quem morreu mesmo foi o outro Ramiro que ficava morava lá nas outras páginas, originais, legítimas, daquele autor escritor que, a esta altura da nossa narrativa, já chegou, faz tempo, a Cordisburgo; vem bocó-brocoió Diadorino virar Diadorina enquanto o pilhérico genérico Joca Romeno Ramiro não chega para dar outra surra, bom, você menino abobalhado já sabe de cor e salteado; vem saber que as altercações as vociferações feministas são sempre proveitosas, justificáveis — fervor consagrado ramificado pelos labirintos sucintos da liberdade, da igualdade, da diversidade;

vem virar Diadorina para se juntar às outras cinco, acumular forças, domar dominar investidas, tentames infames e viris e varonis. Ah, narradora pensou em trazer para este livro-cordel, sem tom pastel, Clara Campoamor, entanto, conversando com amiga da feminista espanhola, narradora ficou sabendo que Clara está envolvida numa homenagem, sim, Campoamor foi escolhida para aparecer nas moedas de euro como a principal defensora espanhola do sufrágio feminino; depois de se desculpar, amiga fez questão de lembrar conselho da própria Clara Campoamor, dizendo que é impossível imaginar uma mulher dos tempos modernos que, como princípio básico da individualidade, não aspire à liberdade. Sim: sem Clara sexteto permanece, assim que sambanga Diadorino vire Diadorina para saber que nos meandros, nas vísceras do feminismo, o desejo de liberdade transcende a concupiscência: é divino; vem rapaz-menino virar moça-menina Diadorina nas pragmáticas páginas deste livro-cordel, sem tom pastel, para virar sexteto inserido no contexto da exaltação da sublime lealdade à diversidade; que aqui não há ovelhas nem lobos; aves, sim, águias com seus belíssimos altíssimos voos; sai de baixo desta mesa, espaço no qual você fica acocorado acuado feito bicho do mato, ao rés do chão, hã, vem virar Diadorina, deusa passeriforme para formar conforme uma gaivota, tal qual as outras aves harmoniosas canoras Anna e Hannah e as outras três geniais que tais; vem saber que aqui o feminismo atinge seu grau próprio de perfeição atingindo a escala definitiva da liberdade absoluta, este desejo natural igualmente absoluto; vem saber que o humanismo é o objeto próprio do feminismo, este algo determinado determinante nos traços, nos passos da mulher, todas, iguais, juntas nas diversidades nas adversidades — nossas cruzes nossas luzes; vem saber também que a igualdade é uma potência especial da alma feminina feminista, socialista espiritualista; sai de baixo desta mesa, espaço dentro do qual rapaz-menino sambanga fica acocorado acuado feito bicho do mato. Ixe, narradora soube agora há pouco, ali na praça, que um tal de Hermógenes, rifle em punho, vem vindo para matar você, bocó-brocoió, hã, facínora pensando que você é filho do verdadeiro Joca Ramiro, chefe do bando de Riobaldo, todos vivendo morando lá nas outras páginas, as legítimas, originais, inventadas criadas por aquele autor escritor que, a esta altura desta minha narrativa genérica feérica, já chegou há muito tempo a Cordisburgo; vem rapaz--menino, aqui jagunço nenhum entra: iletrados; vem virar Diadorina para viver conviver com a sintaxe fêmea absoluta, rigorosa vigorosa — percorrendo o caminho ao contrário adverso da tolice da estultice da linguagem vulgar, machista totalitarista farsista, muitas vezes nojentosos asquerosos feminiscistas; vem viver se envolver no contexto semântico ôntico do feminismo íntegro, integral; vem virar Diadorina para ser exercer ações virtuosas, recíprocas profícuas; vem se alimentar de luz, esta que seduz: a claridade da verdade, cujo nome é Liberdade; vem rapaz-menino virar moça-menina para entrar nas pragmáticas páginas deste livro-cordel, sem tom pastel, cores vibrantes atuantes feito elas as belas as bélicas as angélicas Simone e Rosa e Edith e Anna e Hannah — símbolo de equilíbrio essencial entre humanismo e feminismo e socialismo; sai de baixo desta mesa, sambanga, hã, constrangedor ver você aí acocorado acuado feito bicho do mato, gato com medo de rato; vem, antes que Coronel Joca Romeno Ramiro, bom, brocoió amuado sabe de cor e salteado; vem virar sexteto inserido no contexto da objetividade, foco no lócus da diversidade da igualdade; vem, todas, juntas, combater e vencer e depois perceber: realeza no reino machista é imaginária; aqui nas pragmáticas páginas deste livro-cordel, sem tom pastel, você vai compreender a potência da alma feminina feminista, sabendo que ela pode ser ao mesmo tempo explosiva e reflexiva e implacável e amigável e combativa e emotiva

— exercício dos contrastes em benefício de uma causa coerente em sua essência; vem viver conviver amar namorar Anna ou Hannah ou quem mais quiser: você é mulher, é verso diverso do poema feminino feminista, socialista espiritualista; vem rapaz-menino virar moça-menina Diadorina, bela bélica esotérica tal qual Weil e Stein, estas que sabem que, descendo para dentro de nós mesmas, descobriremos aquilo que desejamos; vem, aqui nas pragmáticas páginas deste livro-libelo você vai saber entender que a liberdade é o objeto capaz de mover nossa vontade; que o feminismo simboliza a posse perfeita de todos os bens (liberdade, igualdade, diversidade, fraternidade) reunidos numa só causa; que o humanismo prevalece em excelência sobre cada um desses bens: ele é todos eles ao mesmo tempo; vem saber que aqui dentro destas práticas páginas não apaziguamos em nós a cólera diante do machismo: furor é nosso hábito, hálito raivoso, venenoso — o feminismo é um movimento; logo, move, resolve, ultrapassa a si mesmo a todo instante: ação prática, conveniente, transcendente; aqui tudo é espontâneo, entanto, às vezes, contraditório, motivo pelo qual a liberdade pode pegar à força as eventuais confusas difusas almas feminis. Ixe, sim, senhor Riobaldo, visita súbita abrupta, é verdade, sou sim senhor a narradora deste simulacro grotesco diadorinesco, sei, entendi: narrador legítimo, original, sem igual é o senhor aí, Riobaldo em pessoa, ixe, em sua presença todos se humilham, chegada súbita, sei, Diadorino, Diadorina, vespa-de-papel, ouropel, entendi: Diadorim, sim, sempre esperando seu acordar e vendo seu dormir, sim, senhor, mel se sente é todo lambente, entendi, a-hã, Diadorim é um sentimento seu, sim, senhor Riobaldo, narradora também sabe que todo caminho da gente é resvaloso, a-hã, o senhor está aqui a pedido do senhor doutor Guimarães, sim, esteve aqui páginas atrás, mas já está em Cordisburgo, ah sim, o senhor esteve lá com ele ontem, sei, ele doutor escritor João é muito diplomata, não quis assustar a narradora aqui, mas o senhor, sim, mesmo letrado, é jagunço, homem que não diz palavras que não dizem, sim, entendi: se narradora ofender Diadorim, numa frase sequer, num parágrafo qualquer deste livro ledo de arremedo roseano, ixe, entendi: o senhor volta aqui nestas plagiantes, mesmo interessantes páginas, para fazer com a narradora, bem, sei, conheço sua história, sim, uma vez fez conta: uns seis, até a hora do almoço, sim, matou: ah-ah: bala é um pedacinho de metal...

Aie, rapaz-menino bocó não viu ouviu nada, cochilando, ixe, jagunço letrado esteve aqui agorinha dizendo prometendo acabar tirar do mapa narradora, ixe, se ela faltar à obediência, fazer triste figura, deixar que Diadorim, a legítima, caminhe para a desonra dentro destas agora prevenidas precavidas páginas, huummm narradora já se recompôs para compor e expor e narrar este livro-libelo, elo entre o belo e o bélico e o poético — concomitância, evolução simultânea entre enfurecimento e enternecimento; vem bocó-bocoió Diadorino virar Diadorina para se encontrar para sempre consigo mesma, para agir reagir contra o apócrifo hipócrito reduto farsista machista; vem saber que a rebelião e a abnegação são inclinações naturais do feminismo — gênero: ação; vem viver conviver estabelecer sexteto inserido no contexto do sabor do saber, vem ser exercer cultivar cultura vivendo à altura de Anna e Hannah e as outras três mais que tais magistrais, enobrecedoras merecedoras dos céus autênticos concêntricos do Paraíso do deslumbrante Dante; sai de baixo desta mesa, sambanga, espaço dentro do qual você fica acocorado acuado feito bicho do mato, gato e sapato do Joca Romeno Ramiro, o incerto Coronel, o incorreto pai; vem virar moça-menina Diadorina, sol, e não neblina feito ela aquela, ixe, Riobaldo vem brigar comigo, desdigo, retiro o que eu disse, sim, Diadorina sol, só, sem dito insinuante neblinante. Ah, pensei em trazer Julieta Kirkwood, fundadora do movimento feminista chileno, entanto, pediu desculpas, dizendo truz e cruz, no coloquial, que não pode viajar agora para entrar nestas pragmáticas páginas: está escrevendo longo artigo sobre a igualdade de acesso ao conhecimento científico para as mulheres, bem como um sistema educacional mais justo. Ah, depois que soube de alguns detalhes deste livro-libelo, Julieta pediu para narradora dizer para Diadorino virar Diadorina para saber, entre tantas outras coisas, que não há democracia sem feminismo. Sem Kirkwood, sexteto permanece. Sai de baixo desta mesa, bocó-brocoió, deprimente ver você aí acocorado acuado feito bicho do mato, menino caricato, abstrato, vem, zás-trás, pulou chegou entrou, vem virar menina-moça-menina para viver conviver com Anna e Hannah e as outras três mais que tais magistrais — mulheres sublimes, todas, sonhando o mesmo sonho, não impossível, quixotesco, mas realista, humanista, feminista; todas, as cinco, cidadãs éticas, poéticas, proféticas; todas, sabedoras da importância da liberdade, da igualdade, da tolerância, do respeito às diferenças, pretendendo inclusão — tradução: feminismo; vem você também ser imprescindível, suscetível ao humanismo, este algo substancial substancioso imperioso para nossa existência plena, fêmea, sempre em acordo com a razão, sem perder a emoção, feito pessoa qualquer, reverso adverso da mulher, semelhante aos arrivistas machistas totalitaristas; sai de baixo desta mesa, bocó--brocoió, espaço dentro do qual você fica acocorado acuado feito bicho do mato, substrato da submissão, vem, entra nas pragmáticas páginas deste livro-libelo para saber que o feminismo é justificável sob muitos múltiplos pontos de vista, em acentuado relevo sob a perspectiva da razão e do humanismo, o sublime em toda a sua plenitude; vem você também deliberar, escolher, agir, resistir — sempre; entre, vem viver e conviver e amar e namorar Anna ou Hannah ou as outras três mais que tais magistrais: bacanal lexical intelectual; vem amar o belo, o bélico, o essencial, o espiritual; vem ser amante atuante perseverante; em qual das sonatas eu cuidadosamente te escondi? — perguntará, páginas tantas, nossa amada sua possível namorada Anna Akhmátova; vem, rapaz-menino, virar moça-menina Diadorina para entrar nas pragmáticas páginas deste livro-cordel, sem tom pastel, para formar sexteto inserido no contexto da inteligência e da sabedoria e da intransigência diante da veemência vil varonil; vem agir, exigir, decidir com lucidez, altivez, sensatez. Pensei agora há pouco em trazer Ma Ngoyi, mãe do movimento pela libertação da África do Sul, lutando com dignidade contra o preconceito racial e de gênero, entanto, como ela mesma disse para a narradora, exausta, trabalhando muito na Liga das Mulheres do Congresso Nacional Africano, se declinou do convite, não sem antes dizer, sem perder sua inteligente envolvente ironia, que sempre ouvimos de homens que tremem nas suas calças, mas quem alguma vez ouviu de uma mulher que treme na sua saia? Huummm. Bom, sexteto permanece, assim que você Diadorim virar Diadorina neste livro-cordel, sem tom pastel, cores sonantes apaixonantes feito Anna e Hannah e as outras três mais que tais magistrais. Ixe, tropéis, sim, Coronel Joca Romeno Ramiro vem vindo, dizem que está se aproximando da praça, aie, vem bocó-brocoió, é só se aprumar, zás-trás, pulou-

-virou, vem virar Diadorina, aqui Coronel nenhum entra: iletrados. Vem rechaçar o irascível, afagar o impossível, combater o nocivo, criar abrigo, acolher a igualdade, com suas muitas múltiplas diversidades — o feminismo é ele mesmo multiforme, conforme a alma, o escopo, o corpo da mulher, raiz primeira de todas as questões razões feministas humanistas; vem saber também que o feminismo é um desejo, nascido do amor à liberdade; que a igualdade é o esplendor deste movimento do acolhimento ao humanismo, e que se inspira na ética, na estética da união, da inclusão; vem antes que Coronel Joca Romeno Ramiro chegue para surrar outra vez, bom, menino apalermado sabe de cor e salteado. Vem. Ixe, passos firmes, botas brotam nos degraus da esca...

Huummm narradora perplexa, metamorfose fenomenal feminal, por um triz pensei que fosse a Leila, tal e qual, semelhante à estonteante flor-de-lis, a florescente a independente a soberana a imperatriz, bem-vinda Diadorina Diniz. Agora, sim, sexteto pleno, perfeito, exigindo seus direitos, todos, em poder dos tolos, dolos, desses machistas totalitaristas. Ah, falei agora com Anna e Hannah e as outras três mais iguais magistrais, disseram uníssonas: renovatio, motivo pelo qual querem ficar de vez nas entrelinhas, vizinhas das narrativas rimativas agora cansativas da narradora anônima, acrônima, burlesca diadorinesca, rescaldo de Riobaldo.

Este livro foi composto na tipografia Minion
Pro, em corpo 13/18, e impresso em papel off-white
na Gráfica Vozes.